編輯凡例

一、本文選延續《台灣現代文選》的編輯宗旨，除提供大學院校做為現代文學的教材之外，也期待能提供各年齡層的普通讀者閱讀，作為補充文學養分的精神食糧。同時為收納更多篇章，接續文選的選文精神，細分為《散文卷》、《新詩卷》及《小說卷》，全套四冊，以繁花盛開的精彩文選具現台灣現代文學的風貌。

二、執編本文選的主編皆在大學院校任教，教授現代文學課程，並在文學創作方面卓有聲名，《散文卷》由散文家蕭蕭主編，《新詩卷》由詩人向陽主編，《小說卷》由小說家林黛嫚主編。

三、為呈顯現代精神，編選範圍擴大至百年來在台灣發表或出版之文學作品，以名家名作為主，兼顧藝術性及可讀性，務期呈現台灣現代文學的發展脈絡及成績。

四、本《新詩卷》共收錄新詩六十二家，由主編撰寫導言〈詩的想像．台灣的想像〉，一方面介紹現代詩的發展，一方面以文選所收錄之作品佐證，讓讀者循此認識及體會一種品賞現代詩的樂趣。

五、體例上，每篇收錄文選中的作品皆含「作者簡介」、「作品賞析」及「延伸閱讀」，務期方便讀者欣賞、習作與研究。「作者簡介」呈現作家生平概略與整體創作風貌；「作品賞析」深入淺出導讀文本；「延伸閱讀」則條列關於選文的重要評論篇目及相關範文，提供進一步研究的參考。

台灣現代文選 新詩卷

目次

【導言】

詩的想像·台灣的想像

一、台灣新詩：文本與時空的對話

台灣現代詩發展，在二十一世紀的今天來看，可能較諸站在二十世紀的任何一個年代看，都更清晰、更明確、更真實。

往前推三十年，二十世紀七〇年代，翻開當時的詩選、詩論，凡論及台灣新詩發展，言皆必稱「中國」，儘管當時所有以「中國現代詩選」或「中國新詩選」為名的集子，其實絲毫不中國，那些詩選從來都讓中國詩人（如艾青❶、郭沫若❷等）缺席，卻又言之鑿鑿，以「中國當代十大詩人」自封，彷彿台灣一地詩人，就可代表整個中國詩壇；到了八〇年代，凡談到台灣現代詩起源，也仍以紀弦❸及其「自中國帶來的現代詩火種」為圭臬；談到超現實主義，則以《創世紀》為嚆矢，彷彿紀弦之前，台灣無詩人，《創世紀》之前，台灣無超現實主義一般，儘管一九七九年已有李南衡編，《日據下台灣新文學·明集》（台北：明潭）、鍾肇政、葉石濤編，《光復前台灣文學全集》（台北：遠景）兩套日治時期台灣文學作品選集，一九八二年有羊子喬、陳千武編，《光復前台灣文學全集9：亂都之戀》詩選推出，書前並有羊子喬撰〈光復前台灣新詩論〉，似乎依然搖撼不了當時詩壇的主流看法，追風❹、張我軍❺、賴和❻、王白淵❼、楊華❽，乃至早在一九三〇年代就引進超現實主義的水蔭萍❾（楊熾昌），以及當時的鹽分地帶詩人群❿等，都不為台灣現代詩壇正視。二十世紀台灣詩壇的想像，既非中國，也不台灣，台灣新詩／現代詩史的殘缺、扭曲，於此可見。

二〇〇一年由馬悅然、奚密和我主編的《二十世紀臺灣詩選》（台北：麥田），算是比較全面地將戰前台灣新詩成就，納入台灣新詩發展脈絡中加以統觀的詩選。不過，由於麥田版詩選是首部以二十世紀台灣為時空界線，彙整台灣新詩成就的詩選，仍然無法完整表現台灣新詩發展的眾多流脈、戰前與戰後不同詩人的多重風貌，並據以呈現台灣新詩的多樣性。

因此，我一直有編選另一部選集的念頭。這本《台灣現代文選　新詩卷》之出，算是了了多年心願。讀者通過這本詩選，可以看到賴和、楊華和水蔭萍動人的詩作；可以了解台灣現代詩運動不始於紀弦，超現實主義詩風也非《創世紀》專擅；也能夠清楚辨明，台灣新詩交匯了來自台灣土地、來自日治時期、以及來自中國新詩運動的三個源頭，有其自足的流脈、繁複的根源，紀弦的現代派運動、《創世紀》的超現實主義書寫，是這個流脈、根源中的一個部分，但既非先行，也非創始。這本詩選，因此提供了較大的視野，展現台灣新詩發展的多樣樣貌。

事實上，在麥田版和本詩選推出之間，同樣涵括並縱覽二十世紀台灣新詩的選集，著者尚有白靈、蕭蕭主編的《台灣現代文學教程：新詩讀本》（台北：二魚，二〇〇二年），林瑞明選編的《國民文選：現代詩卷》（台北：玉山社，二〇〇五年），麥田版、二魚版、玉山社版和本詩選選入的詩人、詩作以及編選旨趣，各有異同。所同者，四個版本都意圖照顧台灣新詩發展脈絡，表現二十世紀詩人詩藝成就，提供愛詩、寫詩、讀詩和研究詩的朋友，作為賞讀、學習或研析台灣新詩的讀本；所異者，這本詩選提供了較詳細的作者介紹、較深入的作品解讀，並冀望以台灣新詩發展歷史為經，以詩人作品為緯，凸顯一九二〇年代以來台灣新詩的多元風格、詩人的多樣表現。此外，在編輯策略上，編者也有意突出台灣新詩源自歷史、社會、人文和土地之特殊性而型塑出的台灣性，如何在不同時間、空間中，經由眾多詩人的文本表現出來。

因此，這本詩選，除了是二十世紀台灣新詩文本的呈現，也是一本有意借詩再現台灣歷史與社會形貌的詩選。以詩記史，以史鑑詩，不同時代、不同出身的詩人，以詩作反映了各自所處的年代、社會與心境，形成分歧的、多樣的文本，詩人書寫之際，或許只敘當下，如今既經選編，則因文本互為對話、互相辯證，連帶交織而出近百年台灣歷史發展的複雜布紋，反映出二十世紀台灣社會共有的感覺結構與想像。

二、日治時期台灣新詩的波瀾多出

一九二三年五月追風以日文創作〈詩の真似する〉（詩的模仿）四首短製，紹啟了台灣新詩的源流[11]。儘管有人質疑這樣的說法，認為與追風大約同一時段發表的，尚有施文杞的〈送林耕餘君隨江校長渡南洋〉[12]（中文），不過，文學史論述涉及歷史影響和意義，依據發表時間早晚推定誰是第一人，恐有不周[13]，此處仍以追風為是。

追風發表這四首短製，分別是〈讚美蕃王〉、〈煤炭頌〉、〈戀愛將茁壯〉與〈花開之前〉。其中值得注意的是〈讚美蕃王〉與〈煤炭頌〉：

讚美蕃王

我讚美你
你以你的手，你的力量
建立你的王國
贏得你的愛人
你不剽竊人家功勞
我讚美你
你不虛偽，不掩飾
望你所望的
愛你所愛的
你不擺架子

煤炭頌

在深山深藏
在地中地久

給地熱熬了數萬年
你的身體黝黑
由黑而冷
轉紅就熱了
燃燒了熔化白金
你無意留下什麼　（月中泉譯）

〈讚美蕃王〉，透過對原住民族領導者的讚頌，表現詩人在受到外來統治者殖民的悲哀下，建立獨立自主烏托邦的想望，以及對「望你所望的／愛你所愛的」自由的嚮往，反映出詩人的左翼思想，也反映了那個年代台灣人的集體想像。〈煤炭頌〉，則以煤炭的生產過程和特性，「身體黝黑／由黑而冷／轉紅就熱了」，轉喻被殖民者歷經劫難，但終將破蛹而出的意志。

從文本看追風〈詩的模仿〉，也可看到此詩的詩史意義：一、這是台灣新詩史上首見的日文新詩文本；二、這是反映被殖民者與殖民者關係的作品。前者確定了台灣新詩發展以日文書寫開始的事實，後者則凸顯了其後台灣新詩發展中不斷仿製、引進外來文學思潮與技巧的「模仿」經驗，這是帝國語言與意識形態的模仿，卻也是被殖民者被迫使用帝國語言的無奈，有著類似法蘭茲・范農(Franz Fanon)所說「被制服卻不甘願，被視為劣等人卻不認為低人一等」⑭的心境。這樣的心境，或許也是日治時期台灣詩人的共同體會吧，王白淵的〈詩人〉⑮這樣透露：

薔薇默默盛開
在無言中凋謝
詩人為人不知而生
吃自己的美而死

蟬在空中唱歌
不顧結果如何飛走
詩人於心中寫詩
寫寫卻又抹消去

月獨自行走
照光夜的黑暗
詩人孤獨地吟唱
談萬人的心胸　（巫永福譯）

這首詩，既是王白淵的自畫像，也可說是日治時期台灣新詩人共同的感傷。「薔薇默默盛開／在無言中凋謝」，具象地寫出詩人內在如薔薇的沉靜特質，也喻示了日治時期台灣「詩人為人不知而生／吃自己的美而死」的孤獨感；詩人在心中寫出的詩，塗塗抹抹，彷彿「月獨自行走／照光夜的黑暗」，在殖民帝國的統治之下，台灣詩人的孤獨吟唱，原來是在為萬人吐出胸中沉埋的鬱卒。

王白淵的這首詩，似乎也預示台灣此後的新詩發展，是如此游移在被殖民或反殖民、為「吃自己的美而死」或「談萬人的心胸」而寫的辯證中，「盛開」或「凋謝」的過程，並因此形成波瀾起伏的風潮[16]。

這是我們不能不面對的歷史事實，台灣新詩史存在著日文書寫文本，也標誌出了台灣新詩發展繁複、混雜的特質。追風、王白淵的這一條書寫路線，尚有一九三〇年陳奇雲[17]出版詩集《熱流》、一九三一年水蔭萍（楊熾昌）出版詩集《熱帶魚》，以及鹽分地帶詩人如郭水潭[18]等日文詩人的存在。一九三三年水蔭萍等人成立「風車詩社」，發行《風車》詩刊，引進法國超現實主義，乃至決戰期間日本統治當局廢除漢文而生的日文書寫，都使台灣新詩和當時的中國新詩產生歧異。台灣新詩，乃至台灣新文學，不全然是中國五四運動下的產物，這就清晰多了。

中國五四新文學運動對台灣新文學的啟發，是一九二四年由在北平讀書的張我軍所點燃[19]。從此，漢文新詩才在台灣新詩史中建立了灘頭堡。一九二五年十二月，張我軍自費出版了台灣新詩史上第一本漢文新詩集《亂都之戀》[20]，理論與創作齊備，從此開始，漢文新詩才出現於台灣新詩史。一九三〇年，《台灣民報》增出「曙光」文藝欄，刊載漢文新詩，一時之間，漢文新詩人輩出，賴和、楊守愚[21]、楊雲萍[22]、楊華等優秀詩人的作品競妍，而與同時期的日文新詩相互較勁，蔚為大觀[23]。

不過，對日治年代的台灣新詩人來說，最大的困擾不在當時文學思潮的起伏，而在語言的選擇與運用。

一九三六年，王錦江論賴懶雲（賴和）時，就提到當時的台灣作家最困擾的問題厥在「如何表現台灣語言」㉔。台灣作家要在日文書寫和漢文書寫之中摸索出一條屬於自己的路。這樣的動力，導致了起於三〇年代的「鄉土文學」論戰以及其後台灣話文運動的出現㉕，同時也使台灣新詩出現台灣話文文本，包括賴和、楊守愚、楊華等詩人都以生動的台灣話文寫出佳作。他們透過優美高雅的台灣話文，刷新了台灣新詩的面目，也讓此後的台灣新詩保留了「台語詩」上場的空間。

這當然也與鄭坤五㉖、黃石輝㉗、郭秋生㉘等啟動的台灣話文主張有關，他們強調「台灣人」意識的醒覺，主張台灣作家要「用台灣話做文、用台灣話做詩、用台灣話做小說、用台灣話做歌謠，描寫台灣的事物」，乃是有意區別於日治年代日文書寫與漢文書寫，表現台灣新文學的主體性㉙。而從台灣新詩的歷史流脈來看，台灣話文寫出的新詩文本，因而也成為討論或理解台灣新詩發展史不可或缺的一大流脈。

不過，這些書寫語言的爭論，到了一九三七年就因日本總督府廢止漢文、以及戰爭到來而不得不停歇下來。台灣文壇從此進入全面日文書寫歷程，達八年之久。在這個階段中，一九三九年九月由「台灣詩人協會」出版，日人作家西川滿㉚主編的《華麗島》詩刊創刊，日文新詩在殖民當局的鼓勵下有了蓬勃發展。表現在日文新詩作品中的特色，羊子喬將之概括為「浪漫的個人抒情」與「理性的大我抒情」兩者㉛，所謂「理性的大我抒情」實際上是呼應皇民文學的作品。「浪漫的個人抒情」，則具體由水蔭萍及其「風車詩社」同仁的文本中流露出來。

作為台灣超現實主義的先行者，水蔭萍早於一九三一年出版其具有超現實風格的日文詩集《熱帶魚》，越兩年又在台南集合李張瑞、林永修、張良典等七人組成「風車詩社」㉜，推動超現實主義。相對於當時台灣在地主流的寫實陣營作家，水蔭萍及其超現實主義或許是邊緣書寫；但以當時的殖民地文壇言，則是主導的聲音，一九三六年他寫出台灣第一篇超現實主義宣言〈新精神和詩精神〉，除介紹當年日本盛行的前衛運動與現代詩運動（涵括西方未來派宣言、達達主義、超現實主義、新即物主義等論述）之外，更推崇超現實主義[33]。他主張「聯想飛躍、意識的構圖、思考的音樂性，技法巧妙的運用和微細的迫力性等」，強調「超現實是詩飛翔的異彩花苑」[34]。這在他的詩作，如收入本詩選的〈尼姑〉就充分表現出來；比起戰後「創世紀詩社」的超現實主義書寫，水蔭萍的超現實主張，更有系統，也更充分。不過，《風車》只出四期即廢刊。接續這股雜有「主知主義」、「新即物主義」詩風的，是一九四二年的「銀鈴會」[35]，以迄一九四七年加入林亨泰[36]等人的詩刊《潮流》。

回顧日治時期的台灣新詩發展，我們可以看到明顯的三條流脈：一是由追風紹啟而迄於水蔭萍的日文書寫，二是張我軍引介而來的白話漢文書寫，三是賴和、楊華嘗試的台灣話文書寫。這三條流脈，時起時伏，隨著日本殖民當局統治政策的或鬆或緊，而或隱或現。其下是三種書寫文體（連同語言之後意識型態及認同）的辯證和鬥爭。日治時期台灣新詩發展的多樣性與複雜性，由此可見。

三、戰後台灣現代詩路的開展

談到戰後台灣現代詩的詩路，通論多由一九五一年《新詩週刊》或一九五六年紀弦及其領導的「現代派運動」始，認為這是「台灣新詩的重新起步」，是「新詩的再革命」[37]，老實說這是忽視台灣本土既有新詩歷程的看法。在日本戰敗到《新詩週刊》創刊之間，台灣的新詩並未中斷，前節提到的「銀鈴會」正是這個階段的轉接者，也是播種者。

詩人林亨泰的回憶指出，「銀鈴會」活動可以日本戰敗為界，劃為兩期，前期自一九四二至一九四五年，後期自一九四五至一九四九年。「戰前銀鈴會的活動，只偏於實際作品的創作」；戰後則自一九四八年五月推出《潮流》（中日文版）詩刊起，至一九四九年四月出版第五冊後結束，共發表了日文詩作一百一十四首，中文詩作三十首，加入之同仁，有三、四十人，在刊物上發表作品者有三十八名㊳。在一九四七年二二八事件的陰影下，台灣詩人以這樣的規模集結出發，才允能稱為「台灣新詩的重新起步」。

「銀鈴會」及《潮流》詩刊的意義，不只在於它是台灣戰後新詩發展的開端，也在它是銜接戰前、戰後台灣新詩發展的過渡。《潮流》登載的日文詩與中文詩作約為八比二，顯現了日本戰敗之後、一九四九年中華民國政府撤離中國來台之前，台灣仍有為數不少的日文新詩人和詩作的存在，這是日治時期台灣新詩源流的承續，而非「斷層」㊴；同時這也是曾受日本前衛詩潮影響的台灣詩人（如本詩選收入的詹冰、陳千武、林亨泰、錦連㊵）將日治時期的前衛實驗帶到戰後促成現代主義運動的銜接㊶。

戰後台灣新詩發展，因此可以說是「兩個根球」㊷的彙整，戰後的台灣現代詩是融匯了日治後期現代主義和四〇年代中國現代主義的產物，我們也不能草率作出紀弦「將大陸現代派的精神和餘緒帶到了台灣」㊸的武斷論述。

除此之外，「銀鈴會」還跨越到六〇年代的「笠詩社」之中，對其後本土派詩運產生領導性的影響。從日治時期日本前衛詩潮中得到主知主義、新即物主義、超現實主義、立體主義啟發與養分的銀鈴會詩人群，在跨越日文轉為中文的語言鴻溝之後，到了六〇年代又以他們的台灣本土經驗和現實意識，從現代主義跨越到現實主義，這是台灣新詩發展過程中相當特殊的「三重跨越」：跨越年代、跨越語言、跨越美學。在這本詩選中，通過詹冰、陳千武、林亨泰、錦連等四人的詩作文本，我們也可目見這「三重跨越」的特質。

當然，我們也不能抹煞中國來台詩人，特別是紀弦、覃子豪[44]對戰後台灣現代詩發展的貢獻。五〇年代的台灣，是反共的年代、高壓的年代，紀弦領銜的現代詩運動，在這樣的環境中展開，洵屬不易；現代派組成之前，《新詩週刊》的出現，則奠其根基。

《新詩週刊》於一九五一年十一月五日假《自立晚報》副刊推出，由鍾鼎文[45]、葛賢寧[46]、紀弦三人主編，迄二十八期（一九五二年五月十九日）改由覃子豪接編。《新詩週刊》共出九十四期[47]，詩人陳容堅強、詩作水準齊一，不僅「將大陸來台的詩人集合起來，把薪火傳遞下去。而最重要的是培植新一代的新作者，備作接棒的傳人」[48]。覃子豪接任《新詩週刊》主編的理念，正如他在一九五五年九月出版的詩集《向日葵》中所收〈詩的播種者〉所說：

意志囚自己在一間小屋裡
屋裡有一個蒼茫的天地
耳邊飄響著一隻世紀的歌
胸中燃著一把熊熊的烈火

把理想投影於白色的紙上
在方塊的格子裡播著火的種子

火的種子是滿天的星斗
全部殞落在黑暗的大地

當火的種子燃亮人類的心頭
他將微笑而去，與世長辭

這首〈詩的播種者〉，既可看成是覃子豪美學觀念的提出，也可以說是他接任《新詩週刊》主編，以及其後創辦「藍星詩社」的信念。覃子豪將「火」的意象貫穿於短短十行之中，表現了作為「詩的播種者」的急切、熱情，和奉獻的理想，「火的種子是滿天的星斗／全部殞落在黑暗的大地」，相當動人，既暗喻詩人應該照亮黑暗世界，為此可以隕歿黑暗大地之上的心志，也讓我們看到戰後初期來台詩人的播種心願。

不過，覃子豪接編《新詩週刊》之後，紀弦立即以出刊《詩誌》，並於一九五三年二月創刊《現代詩》對應，種下了戰後詩壇門派分立的前因。五〇年代「藍星詩社」與「現代派」的分門別立，以及其後關於

「現代主義」論戰的不休，都肇因於《新詩週刊》階段㊾。當然，這樣的爭鬥也有正面的結果，那就是一九五六年一月由紀弦主導的「現代派」的集結與成立。

「現代派」的成立，除了上述因素之外，也與一九五四年三月《藍星》㊿的創刊、同年十月青年詩人張默、瘂弦、洛夫(51)創辦《創世紀》有關。詩壇群雄並起，新銳競出，使得紀弦急於「領導新詩的再革命，推動新詩的現代化」，發表六大信條(52)，展開有組織、有主義的「現代派」結盟運動，形成戰後台灣現代詩壇最具影響力的班底，並且掀起了五〇年代三次詩壇內外的論戰(53)。「現代派」的集結與運動、詩社的傾軋與論辯，使得五〇年代的台灣新詩不致淪於「戰鬥詩」的桎梏之中，台灣詩壇因為現代主義而獲得空間。

接下來，就是《創世紀》和戰後台灣現代詩「超現實主義」的登場。《創世紀》創刊之初，本來主張「新民族詩型」(54)，到了一九五九年四月推出十一期時，轉而強調詩的「世界性、超現實性、獨創性以及純粹性」(55)。這個轉折看似戲劇而矛盾，卻契合五〇年代末期台灣政經社會的西化潮流，終於在進入六〇年代後成為台灣詩壇的主流。台灣現代詩路，從此走上割傳統的袍、斷民族的義的「超現實主義」之路。

超現實主義的出現在六〇年代台灣，有兩個主要原因：一是台灣工業資本化的發展，致使台灣社會與文化高度依賴西方，文學移植西方典範也就順理成章；二是威權統治及其檢肅，導致詩人在壓抑中必須尋找出口，而超現實主義提供了避免檢肅的有效方法。不過，六〇年代台灣超現實主義根本缺乏西方超現實主義者的批判性，也是事實，這使得外界對超現實詩人忘掉自己是「什麼時代什麼地方什麼人」的質疑高漲(56)，最後終於出現藍星詩人、鄉土派與年輕詩人群的反撲。

戰後台灣超現實主義書寫的問題，在於晦澀與書寫技巧的走火入魔。一九七二年余光中[57]在回憶「藍星詩社」十七年的〈第十七個誕辰〉一文中，就指出超現實主義書寫的問題在「放逐理性，切斷聯想，扼殺文法的結果，使詩境成為夢境，詩的語言成為囈語甚或魘呼，而意象的濫用無度，到了汩沒意境的阻礙節奏的嚴重程度。」此外，余氏對於當時現代詩「念念不忘於個人在現代社會中的孤絕感」，更認為已經出現「一自外於自然，再自外於社會」的弊病[58]，都可看出六〇年代超現實詩風遠離人與社會的事實。

與《創世紀》相對的，是創立於一九六四年六月的「笠詩社」，該社主要由「跨越語言的一代」[59]詩人創刊，集結「省籍詩人」，創辦《笠》詩刊，希望在「現代派」、「藍星」、「創世紀」之外，建構一個以台灣為主體的詩的道路。不過，「笠詩社」創辦初期，基本上還是以現代主義論述為基調[60]；同時，以林亨泰為首的「銀鈴會」承續的日本前衛詩潮，在早期的《笠》中也居主要位置。不同的是，「笠詩社」的精神主調「台灣精神的建立」則前後一致，他們「意圖挽救當時詩壇的頹廢現象，並繼承沉潛期的新文學運動精神，創新本土詩文學，使其發揚開花」[61]，因而迂迴地採取了以「現實的」及「本土的」詩學路線，在抵抗《創世紀》、《藍星》等主流詩學的過程中，走出「民族的」主流論述陰影，最後在八〇年代末期宣布「台灣精神的崛起」[62]。

與《笠》一樣，進入七〇年代之後崛起的台灣新世代詩人群，也對《創世紀》主導的超現實主義詩風高度不滿。一九七一年三月三日創刊的《龍族》，強調「我們敲我們自己的鑼，打我們自己的鼓，舞我們自己的龍」[63]；同年七月創刊的《主流》聲稱「將慷慨以天下為己任，把我們的頭顱擲向這新生的大時代巨流，締造這一代中國詩的復興」[64]；一九七二年九月創刊的《大地》，則更明確地針對「在橫的移植中生長起來的現代詩」，要求「重新正視中國傳統文化以及現實生活」[65]。以這三個新世代詩社的覺醒為首，同時配合著詩壇外部以關傑明[66]、唐文標[67]等批評者淩厲的抨擊，七〇年代的台灣現代詩壇（詩學的與權力的）結構，因此開始重構。

一九七五年五月四日，《草根》詩刊踵隨論述行列，強調現代詩「在精神和態度」方面，「對民族的前途命運不能不表示關注且深切真實的反映」，「詩必真切的反映人生，進而真切地反映民族」。不過，最重要的意義，還在於它整合了以「龍族」為代表的七〇年代詩人群所追求的、異於五、六〇年代詩人的「民族詩風」、「現實關懷」及「尊重世俗」、「正視本土」與「多元並進」的詩觀，證明在觀念與技巧上他們與前一輩的詩人處於對立的地位[68]。接著，次年創刊的《詩脈》[69]也強調要「繼承中國詩的傳統」、「探討詩的來龍去脈」、「以精心誠懇的態度為詩把脈」；一九七八年，青年詩刊《綠地》推出《中國當代青年詩人大展專號》，收入新世代詩人九十七家創作，展示七〇年代詩人的創作旨趣[70]；一九七九年十二月創刊的《陽光小集》[71]，則更進一步強調「寧可踏實地站在台灣這塊土地上，與人群共呼吸、共苦樂」；「不強調信條、主義，不立門派，不結詩社，不主張某種來自某時或某空的『繼承』或『移植』」；要「以詩為中心，嘗試各種藝術媒體與詩結合的可能」[72]。由此開始，戰後出生的七〇年代詩人自信地跨出了異於五、六〇年代詩風的步伐——相對於「世界性」、「超現實性」、「獨創性」和「純粹性」，他們走向一個標舉「民族性」、「社會性」、「本土性」、「開放性」和「世俗性」的新路[73]。

《陽光小集》對台灣現代詩發揮的影響力是在八〇年代上半葉。學者楊文雄歸納《陽光小集》的主要成就在於：一是建立對傳統對泥土的信心；二是不斷以各種詩的形式的嘗試介入現實生活；三是重新與斷裂的寫實傳統合流，並上接中國古典詩可貴的文化傳承；四是勇於透過各種批評途徑，重新肯定現代詩的價值，並與讀者交流[74]。這點出《陽光小集》對七〇年代現代詩風潮的影響所在，若再加上該刊對元老詩社及其權力的衝撞，以及提倡「政治詩」對政治禁忌的挑戰，則更完備。

四、八、九〇年代台灣現代詩的多元與交錯

「政治詩」的出現，只是台灣現代詩多元發展的一個表徵，隨著其後台灣政治、社會變遷的快速發展，台灣現代詩有了更多元的發展。

八、九〇年代台灣的政治與社會變遷，可粗分為三個階段。首先是一九七九年十二月高雄美麗島事件爆發到八〇年代初期黨外運動再起，《陽光小集》推出「政治詩」專輯，可視為此一階段詩與社會、詩與政治的實踐。其次是一九八四年該刊停刊後截至一九八七年政治解嚴之前，台灣由威權體制轉捩到民主開放前的渾沌階段，此時詩壇「第四世代崛起」，他們組成《四度空間》，加上一九八五年《草根》的復刊，開始推動「都市精神的覺醒」[75]。最後是解嚴之後，由蔣經國年代過渡到李登輝時代的階段，此一階段，台灣政治本土化已成主流，社會也因民主資本主義的成熟趨向多元化，加上報禁解除與新媒體出現，文化界的大眾化因焉形成。

在這樣的變遷下，八〇年代的台灣現代詩不再可以明確區分主流或非主流，而形成一幅多元並陳，各種詩文本相錯、相與拼貼的地圖。在這幅地圖上，我們開始看到政治詩（詩的政治參與與社會實踐）、都市詩（詩的都市書寫與媒介試驗）、台語詩（詩的語言革命與主體重建）、後現代詩（詩的文本策略與質疑

再現）以及大眾詩（詩的讀者取向與市場消費）等五個版圖[76]，相侵相襲、互融互化；加上九〇年代女性詩（詩的女性發聲與性別意識）、身體詩（詩的身體展示與情欲刺探）、數位詩（詩的網路傳播與數位表現），使得八、九〇年代的台灣現代詩更形風華萬端，繁複奇詭。

這八塊版圖，羅列如天上星圖，互為箋註。又如八駿奔馳於野原，揚蹄競先，相與應聲，讓台灣現代詩不再只是植物園式的靜態陳列，而是星空的燦熠、草原的狂飆。如政治詩與都市詩之間、台語詩與後現代詩之間、大眾詩與身體詩之間，都有同源歧出、相互辯證的對話，而女性書寫和數位文本則翻新、擴張了前此台灣現代詩的場域；同時，異於八〇年代之前以詩社為領導權的詩壇，到此也界域模糊，轉為主題文本書寫社群的出現。

以都市詩為例，都市詩相對於政治詩，隱藏著戰後世代新的詩學主張。提供都市詩概念的，有林燿德、羅青[77]及一九八五年二月復刊的《草根》詩刊。他們意識到資訊工業與電腦的出現，強調要「面對此一傳播媒介的革命，詩人應該把詩的思考立體化，把此一新的傳播方式納入構思體系」，於是諸如「社會詩」、「環境詩」、「錄影詩」、「科幻詩」等主題書寫紛出，最後則是復刊九期推出的「都市詩」專輯，確立了都市詩的主題書寫。

都市詩也和後現代詩構連。一九八五年，羅青在《自立晚報》副刊發表了〈一封關於訣別的訣別詩〉，被視為「台灣後現代主義的宣言詩」[78]。後現代主義的登場，使都市詩人群找到理論與創作根據，後現代書寫從此旗鼓大張。這個後現代書寫風潮迄今仍在發展中，以夏宇[79]、鴻鴻[80]主導的《現在詩》為其本營。

與此相對的，是台語詩的隔代復出。台語詩基本上延續政治詩基調，企圖凝鑄台灣主體性共識，建立台灣認同，戰後率先從事創作的有林宗源與向陽[81]，到八〇年代蔚為風潮，詩家輩出，林央敏[82]、黃勁連[83]等都是，一九九〇年，語言學家鄭良偉編註第一本台語詩選《台語詩六家選》[84]，將此階段的台語詩和二、三〇年代的台灣話文主張加以接榫，延續了《笠》的本土主張和《陽光小集》政治詩的遺緒。九〇年代之後，台語詩刊《蕃薯》誕生，網路中眾多台語詩網，還有路寒袖「台語歌詩」的傳唱，都受到矚目。此外，客語詩人也紛紛出現，從杜潘芳格到利玉芳[85]等都有不俗表現；原住民詩人以各族語言書寫詩作，則在進入二十一世紀之後受到期待。從某個角度看，台語詩銜接了四〇年代台灣話文主張的「大眾」（勞苦大眾）路線，要為弱勢階級和台灣鄉土發聲；但同時它也和八〇年代之後台灣形成的民主資本主義社會接軌，台語詩的聞聲可感、聲韻迷人特質，都與當代台灣社會的感覺結構相符，這又是另一種「大眾詩」的表現，它在政治上與台灣民主和主體性政治論述接合，在文化上和台灣文化自主重建的需要吻合，它的發展，仍將是二十一世紀台灣現代詩的主流之一。

和台語詩在大眾路線上交疊，但抽離其政治性而強化其抒情性的「大眾詩」，是由席慕蓉[86]掀起的風潮。席慕蓉以《七里香》、《無怨的青春》、《時光九篇》等詩集，創造詩集暢銷的紀錄，這與席慕蓉詩作特質有關，其一，它具有喚回拒絕晦澀詩風的大眾讀者重新讀詩的慾望；其二，席詩延續了七〇年代寫實主義「尊重世俗，反映大眾心聲」的特色，而又接枝了八〇年代詩與多媒體婚媾的風潮，這使它得以在八〇年代大眾社會形成的台灣受到主流媒介的肯定，而帶領大眾詩的前進[87]。

我們當然也不能忽略，在詩史上一向曖昧不明的女性詩人的位置與存在。台灣新詩史論述向由男性霸權主導，女性詩學因此久居邊陲。一九九八年十一月「女鯨詩社」成立，以及詩選《詩在女鯨躍身擊浪時》[88]

推出，彰顯了台灣／女性主體意識的社群集結。同年江文瑜[89]推出女性主義詩集《男人的乳頭》，透過性別／情色／權力的三重顛覆，展現出台灣女性詩人的主體書寫身姿，「女鯨」作為一個女性書寫社群的想像，也作為女性意識的抬頭，在台灣新詩發展史上具有深刻的意義。

身體詩也是九〇年代的書寫主流之一，情色／情欲以及性別混置的書寫，通過詩人之筆，以身體器官的直接袒陳或情欲的暗示被表現出來，情欲世界和身體詩儼然一體，較受矚目的詩人有顏艾琳、陳克華、許悔之、陳義芝[90]等。這是九〇年代世紀末詩風的總體呈現，其中的書寫策略各家詩人並不相同，從身體器官及其隱喻或明示的情欲，到情欲及其隱喻或明示的性別，到性別及其隱喻或明示的權力關係，詩人各有立場，各有詮解，但以身體入詩，刺探情欲底層，則是共同的特色。

相對地，九〇年代中期因為網路之興而起步的數位詩，則是在書寫工具／文本／美學的三重革命上，通過新興的網路傳播，以數位表現出新的文本，成為混合不同媒材、超越平面文本的新文類，寫手有澀柿子、響葫蘆[91]等多人。隨著網路程式語言和表現媒材的增加，新的文本將不斷增生，文本的越位也更加多彩多姿，變化萬千。簡略以言，數位詩將是二十一世紀台灣現代詩的新起點，它使得舊有的文類界線和文本界線同時消解，也在和瀏覽者互動之際提供給瀏覽者文本的愉悅。數位詩之出，已給台灣現代詩帶來新的挑戰和機會。

由以上這些詩風的雜然交錯，可以清楚看出八、九〇年代台灣現代詩的「多元化」現象[92]；不過，從深層結構和脈絡分析，「多元」之下，仍呼應著台灣政治與社會變遷的主軸召喚（如統獨、認同、族群），有學者認為八〇年代詩壇的「兩條最突出的創作路線」是本土詩與後現代詩[93]，九〇年代已不再如此對立，但仍隱約可見兩條路線的傾軋，只不過是改以「本土化／全球化」的對話出現，詩社的霸權爭奪，則由相互交錯、詮解的文本社群取代。

五、結語：詩的想像・台灣的想像

從一九二三年追風發表〈詩の真似する〉開始，台灣新詩／現代詩在近百年歷史長廊中一路走來，歷經兩個政府的統治年代，我們由以上的鳥瞰，可以發現，台灣詩人對應於不同時空、場域的文本變化，文本書寫語言（日文／中文／台文）的糾葛，表現技巧（現實主義／現代主義／超現實主義／後現代主義）的爭辯之外，還隱隱摻雜著國族、性別認同的衝突與對話，這些都具體表現在不同年代的風潮起落中，也表現在不同詩人的作品之內。

這是美麗的、創造的詩的想像，這是豐富、奇詭、壯闊的台灣的想像。

這篇導言從詩史的角度切入，希望提供本書讀者有關這些糾葛、爭議、衝突與對話的導覽輿圖，在閱讀詩人作品之前，了解台灣新詩／現代詩發展的縱經橫緯，至於台灣新詩／現代詩史的評價，應俟將來史家以宏觀之景和微觀之鏡加以定位。作為詩選編者，我期望經由詩人詩作的編選，讓多樣的文本，如眾樹之成林、如百川之入大海，提供讀者較開闊的景觀，透過文本以及文本解析的參照，融會並進入台灣新詩／現代詩美麗的想像世界。遺憾的是，由於部分預定選入詩人，或因聯繫不易，或因著作權同意問題，無法收入，使本詩選仍有遺珠之憾，希望將來再版之際能夠繼續補入，以使這本呈現二十世紀台灣新詩風華的世紀詩選更臻周延。

我要感謝三民書局發行人劉振強先生對台灣文學的長期關注與支持。二〇〇四年林黛嫚、蕭蕭與我三人合編《台灣現代文選》出版之後，他即提出再由我們三人分就小說、散文與詩，擴大編選時間，涵蓋台灣新文學發展以來經典佳作，增出選集的想法，既具遠見，又有宏觀，作為出版人，劉振強先生用心可感，功不唐捐。我也要感謝編選期間，三民書局編輯部的細心、耐煩和認真，使這本詩選的可讀性提升不少、錯誤率降低很多。

我當然更要感謝所有同意收入本詩選的詩家或其家屬，沒有這些詩人的作品，這本詩選就無所寄託；沒有這些星辰一樣的詩人在不同時空中以詩的想像創造出來的文本，台灣的新詩史和台灣的想像就不可能如此豐富、如此奇詭、如此壯闊。

【註】

❶艾青，本名蔣海澄，一九一〇年生，一九九六年卒，浙江金華人。著有《大堰河——我的保姆》、《北方》、《向太陽》、《黎明的通知》等詩集，他是中國三、四〇年代左翼作家中最重要的詩人，曾遭國民黨逮捕入獄。艾青的詩，沉雄有力，悲壯高昂，曾被聶魯達譽為「中國詩壇泰斗」。

❷郭沫若，本名郭開貞，一八九二年生，一九七八年卒，另有筆名郭鼎堂，四川樂山人。早年留學日本，五四時期就以新詩集《女神》聞名詩壇，是中國新詩的奠基者之一，後因加入共產黨，曾遭國民黨通緝。

❸紀弦簡介，詳本書頁一九。

❹追風，本名謝春木，一九〇二年生，一九六九年卒，台灣彰化人。台北師範學校、東京高等師範學校畢業。回台後曾任《台灣民報》主筆，後與蔣渭水等人組織「台灣民眾黨」。一九三一年遠赴中國，以其左翼思想與實踐，戰後無法見容於國民黨政府，滯留中國，無法返鄉，辭世於北京。他也是日治時期台灣新文學第一篇小說〈她將往何處去〉的作者，因此被譽為「台灣新文學第一人」。

❺張我軍，本名張清榮，一九〇二年生，一九五五年卒，台灣台北人。早年留學北平，高等師範大學畢業後，在該校及北京大學、中國大學等擔任日文講師，介紹中國五四文學運動思潮回台，猛烈攻擊舊文學，引發新舊文學論爭，並出版日治時期第一本中文詩集《亂都之戀》。

❻賴和生平簡介，詳本書頁六。

❼王白淵，一九〇二年生，一九六五年卒，台灣彰化人。東京美術學校畢業，曾在台灣、日本、中國等地擔任教職。赴日讀書時與友人共組「台灣藝術研究會」，創辦《福爾摩沙》雜誌，也曾擔任《台灣民報》撰述，戰前戰後都積極參與政治社會文化運動，並因此多次繫獄，二二八事件後，又以「叛亂」罪名被捕，繫獄百日；一九五〇年，又因蔡孝乾案被關二年；一九六三年，再度入獄十一個月，出獄兩年後去世。他的詩都以日文寫成，剖析心思、詠物抒情、傳達政治意識，皆有可觀。著有詩集《荊の道》（荊棘之道）。

❽楊華生平簡介，詳本書頁三。

❾水蔭萍生平簡介，詳本書頁一六。

❿鹽分地帶，泛指台南縣北門、學甲、佳里、七股、將軍、西港等六鄉鎮，該地區因地處沿海鹽分地，自日治時期以來就文風鼎盛，作家、詩人輩出，其作品充滿拓荒精神和鄉土味，而以「鹽分地帶」聞名，日治時期著名的詩人有吳新榮、郭水潭等人。

⓫何以追風被視為第一人、〈詩的模仿〉會被視為第一首作品？這和文學史家論述有關。被葉石濤譽為「日治時代研究台灣文學史巨將」的黃得時，是確立此一論述的第一人；其後詩人羊子喬在遠景版《光復前台灣文學全集．新詩卷》前言〈光復前的台灣新詩〉，也以此為宗，從此為研究者和相關史論所援用。

⓬施文杞，台灣彰化人，時就讀上海南方大學，除本詩之外，另並發表小說〈台娘悲史〉。此詩發表於一九二三年十二月一日出版的《台灣民報》第十二號，較諸追風〈詩的模仿〉發表時間早了四個月。就兩人寫作時間看，追風〈詩的模仿〉寫於一九二三年五月二十二日，施文杞〈送林耕餘君隨江校長渡南洋〉寫於一九二三年十一月十三日，則晚於追風。

⓭有興趣的讀者可參向陽，〈歷史論述與史料文獻的落差：回應張靜宜〈誰是台灣新詩第一位作者〉〉，《聯合報・副刊》，二〇〇四年六月三十日。

⓮Fanon, F. (1965). *The Wretched of the Earth*. London: Macgibbonand Kee. p. 42.

⓯原詩收入王白淵日文詩集《棘の道》（日本久保庄書店，一九三一年）。此書目前有兩個譯本：一為巫永福譯，刊《文學界》二七期，一九九八年；二為陳才崑譯，《王白淵・荊棘的道路》，彰化縣立文化中心，一九九五年。以下引詩採巫永福譯。

⓰可參林淇瀁，〈長廊與地圖：台灣新詩風潮的溯源與鳥瞰〉，《中外文學》二八卷一期，一九九九年六月，頁七〇—一一二。

⓱陳奇雲，一九〇五年生，一九三八年卒，台灣澎湖人。日治時期曾擔任馬公公學校教師，一九三〇年由日人多田利朗主持的「南溟藝園社」出版其日文詩集《熱流》。

⓲郭水潭，一九〇八年生，一九九四年卒，台灣台南人。日治時期曾任「台灣文藝聯盟」執行委員，並與吳新榮、徐清吉等成立該聯盟佳里支部，是「鹽分地帶」重要作家，戰後曾任職台北市文獻委員會，著有《郭水潭集》。

⓳張我軍當時在《台灣民報》發表〈致台灣青年的一封信〉、〈糟糕的台灣文學界〉、〈請合力拆下這座敗草欉中的破舊殿堂〉等多篇論述，呼籲台灣青年改造社會；抨擊台灣傳統舊文學是「壟中的骷髏」，希望台灣青年「把陳腐頹喪的文學界洗刷一新」；批判「中國舊文學的孽種」，介紹胡適的「八不主義」、陳獨秀的「三大主義」，正式引進五四文學改革思潮。

⓴《亂都之戀》全書六十四頁，出版於大正十四（一九二五）年十二月二十八日，收張我軍發表於《北京晨報》和《台灣民報》詩作五十五首。後於一九八七年由遼寧大學出版社重刷出版。

㉑楊守愚，本名楊松茂，一九〇五年生，一九五九年卒，台灣彰化人。漢學根基深厚，是日治時期作家中既能書寫新文學，也擅長古典漢詩文的一位。

㉒楊雲萍，本名楊友濂，一九〇六年生，二〇〇〇年卒，台灣台北人。台北一中畢業後赴日留學，文化學院文學部畢業。一九二五年與江夢筆創刊第一本台灣白話文學雜誌《人人》。年輕時發表不少詩作，後投入南明史、台灣史研究，任教於台灣大學，成為文史雙棲的學者。著有詩集《山河》。

㉓羊子喬，〈光復前台灣新詩論〉，羊子喬、陳千武編，《光復前台灣文學全集9：亂都之戀》，遠景出版社，一九八二年，頁一一二—一四。

㉔王錦江，〈賴懶雲論〉，李南衡編，《賴和先生全集》，明潭出版社，一九七九年，頁四〇三—四〇四。

㉕詳細內容可參林淇瀁，〈民族想像與大眾路線的交軌：1930年代台灣話文論爭與台語文學運動〉，《台灣新文學發展重大事件論文集》，國家台灣文學館，二〇〇四年，頁二一一─四七。

㉖鄭坤五，一八八五年生於福建漳州，一九五九年卒，台灣高雄人。漳浦中學畢業後渡台定居高雄。曾任《台灣藝苑》編輯，後為《三六九小報》撰稿，著有《鯤島逸史》。

㉗黃石輝，本名黃知母，一九〇〇年生，一九四五年卒，台灣高雄人。日治時期公學校畢業，以刻印維生。十七、八歲加入屏東「礪社」，與楊華同社，是古典漢學修養甚佳的詩人。其後加入文化協會，擔任中央委員、中常委，成為左翼運動的大將，唱議台灣話文不遺餘力。

㉘郭秋生，一九〇四年生，一九八〇年卒，台灣台北人。日治時期公學校畢業。二十歲任職江山樓，並因此展開寫作生涯，一九三〇年擔任「台灣文藝協會」幹事長，並提出台灣白話文主張。戰後輟筆經商。

㉙林瑞明認為，這兩次的論戰「是台灣新文學運動發展過程中，進一步在內容和形式上都要求更大自主性之表現，亦即對台灣本體之正視，不以附屬中國白話文的表達方式為限」。詳林瑞明，《台灣文學與時代精神：賴和研究論集》，允晨出版社，一九九三年，頁二五三。

㉚西川滿，一九〇八年生，一九九九年卒，日本福島縣人。兩歲隨父母來台，日本早稻田大學法文系畢業，在台期間曾任《台灣日日新報》社學藝部長、《愛書》編輯、《文藝台灣》主編、《華麗島》詩刊主編。戰後被遣送回日本，仍繼續文學活動。著有小說《梨花夫人》、《赤嵌記》等多種。

㉛同註㉓，頁三〇。

㉜「風車詩社」同仁除楊熾昌、李張瑞、林永修、張良典之外，餘三人為日人戶田房子、岸麗子、尚梶鐵平。

㉝葉笛，〈日據時代台灣詩壇的超現實主義〉，《台灣現代詩史論》，文訊雜誌社，一九九六年，頁二一一─二三四。葉笛指出，「日本大正到昭和初，超現實主義被吸收入現代主義思潮中，在藝術至上主義的形式主義，主知主義，純粹詩的文學主張交之混合在一起，蛻化成唯美色彩頗為濃厚的文學意識型態」，一九二八年創刊的《詩與詩論》即其大本營。楊熾昌於一九三一年進入日本大東文化學院就讀，「接納這些前行的文藝思潮是毋庸贅言的」。

㉞中村義一，〈台灣的超現實主義〉（陳千武譯），呂興昌編，《水蔭萍作品集》，台南市文化中心，一九九五年，頁二八九─二九三。

㉟「銀鈴會」一開始是由台中一中學生張彥勳、朱實、許世清等三人發起，曾出版油印刊物《ふちぐさ》（邊緣草），共出刊十幾期。詳林亨泰，《林亨泰全集五：文學論述卷2》，彰化縣立文化中心，一九九八年，頁六〇—六二。

㊱林亨泰簡介，詳本書頁四一。

㊲「台灣新詩的重新起步」一語，見於古繼堂著，《台灣新詩發展史》，文史哲出版社，一九八九年，頁九一，為該著第六章章名，以一九四九年為起步。「新詩的再革命」則是紀弦的豪語，以「現代派」為開始，刊《現代詩》第三五期。其餘類此論者甚多，不一。

㊳同註㉟，頁三〇—三三。

㊴同註㊲。古繼堂在《台灣新詩發展史》第四章第二節中以「開在斷層上的詩花——銀鈴會」強調從日本戰敗到一九五一年《新詩週刊》創辦之間的七年為「台灣文學的斷層期」，明顯無視於這個階段大量的日文書寫，是以中文書寫為正統、忽略日文書寫事實的謬誤。

㊵詹冰、陳千武、錦連三人生平簡介，詳本書頁二四、頁三六、頁五〇。

㊶劉紀蕙認為，「紀弦為林亨泰提供了一個延續銀鈴會現代運動的管道，而林亨泰也為紀弦提供了一個發展現代派的支柱」。詳劉紀蕙，〈前衛的推離與淨化：論林亨泰與楊熾昌的前衛詩論以及其被遮蓋的際遇〉，美國哥倫比亞大學「台灣文學研討會」論文，一九九八年。

㊷陳千武認為台灣的現代詩除了「一般認為促進直接性開花的根球的源流」（來自紀弦、覃子豪的中國「現代派」）之外，不能忽略「另一個源流」，就是繼承過去日本殖民時代台灣詩人及其精神的本土根球。詳陳千武，〈台灣現代詩的歷史和詩人們：華麗島詩集後記〉，鄭炯明編，《台灣精神的崛起：「笠」詩論選集》，文學界，一九八九年，頁四五一—四五二。

㊸語見古繼堂，同註㊲，頁一〇三。

㊹覃子豪，本名覃基，一九一二年生，一九六三年卒，四川廣漢人。北平中法大學畢業，後赴日就讀東京中央大學。戰後來台任台灣省政府糧食局督導。他曾主編《自立晚報・新詩週刊》，後又參與創辦「藍星詩社」，主編《藍星詩週刊》、《藍星詩季刊》，並擔任中華文藝函授學校詩歌班班主任，一生從事詩運，不遺餘力。他的詩，穩實、厚重、圓熟，兼有明亮、清澈的美感。著有詩集《生命的弦》、《永安劫後》、《海洋詩抄》、《向日葵》、《畫廊》以及《覃子豪全集》等多種。

45 鍾鼎文，筆名番草，一九一四年生，安徽舒城人。上海公學政經系、日本京都帝國大學社會學科畢業，曾任復旦大學教授，國民大會代表，《聯合報》、《自立晚報》主筆，現任世界藝術文化學院院長。著有詩集《三年》、《行吟者》、《山河詩抄》等多種，曾獲中山文藝獎，國際桂冠詩人獎。

46 葛賢寧，一九〇八年生，一九六一年卒，江蘇沭陽人。上海中國公學中文系畢業，曾任政治部主任、台灣省政府祕書、《文藝創作》總編輯、中華文藝獎金會委員，是五〇年代反共文學政策的推動者之一。著有詩集《常住峰的青春》等多種。

47 可詳《自立晚報》合訂本（自立晚報出版），目錄可參麥穗編，《新詩週刊》（一—九十四期）目錄〉，《詩空的雲煙：台灣新詩備忘錄》，詩藝文出版社，一九九八年，頁二〇三—二四四。

48 同註47，頁三〇。

49 詳見林淇瀁，〈五〇年代台灣現代詩風潮試論〉，《靜宜人文學報》一一期，一九九九年，頁四五—六一。

50 根據夏菁發表於《藍星》第七號的〈愁雲滿天——悼鄧禹平〉，當時他為了反對五〇年代氣焰高張猖獗一時的口號詩和八股詩，於是與鄧禹平聯名邀請余光中、覃子豪、鍾鼎文與蓉子聚餐（蓉子請假），而誕生了「藍星」。參麥穗編，《詩空的雲煙：台灣新詩備忘錄》，同註47，頁六七—六九。

51 張默、瘂弦、洛夫三人簡介，詳見本書頁九五、頁九九、頁六二。

52 六大信條內容：第一條：我們是有所揚棄並發揚光大地包容了自波特萊爾以降一切新興詩派之精神與要素的現代派之一群。第二條：我們認為新詩乃是橫的移植，而非縱的繼承。這是一個總的看法，一個基本的出發點，無論是理論的建立或創作的實踐。第三條：詩的新大陸之探險，詩的處女地之開拓。新的內容之表現，新的形式之創造，新的工具之發現，新的手法之發明。第四條：知性之強調。第五條：追求詩的純粹性。第六條：愛國。反共。擁護自由與民主。

53 三次論戰，先是紀弦與覃子豪關於現代主義的論戰，接著是覃子豪與蘇雪林關於象徵詩的論爭，最後是余光中與言曦關於「新詩閒話」的論爭。有興趣的讀者，可參林淇瀁，〈五〇年代台灣現代詩風潮試論〉，同註49。

54 在「戰鬥文藝」的號角下，《創世紀》創刊號強調：一、確立新詩的民族陣線，掀起新詩的時代思潮。二、建立鋼鐵般的詩陣營，切忌互相攻訐製造派系。三、提攜青年詩人，徹底肅清赤色黃色灰色流毒。這是典型的「戰鬥文藝」論述。

55《創世紀》改版強調的詩的「世界性、超現實性、獨創性以及純粹性」在紀弦與覃子豪等論辯現代主義或「新現代主義」的各文中皆曾出現。如他答黃用〈多餘的困惑及其他〉(《現代詩》二一期，一九五八年三月)一文中，就出現「世界性」、「超現實精神」、「我們追求獨創」、「強調知性，唾棄抒情主義」的純粹性等觀點。

56引句出自唐文標批判現代詩風的文章〈什麼時代什麼地方什麼人〉(唐文標，《天國不是我們的》，聯經出版社，一九七六年，頁一三七—一四二)，唐在文中強烈批判現代詩人「逃避現實」。

57余光中簡介，詳本書頁七〇。

58余光中，〈第十七個誕辰〉，《現代文學》四六期詩專號，一九七二年三月。本文後收入《焚鶴人》，純文學出版社，一九八〇年，十版，頁一八五—二一〇。

59根據學者阮美慧的定義，「跨越語言的一代」係「指在日據時期，曾受日本教育的台灣知識份子，到了終戰初期，所面臨到語言政令轉換的問題，使得語言(文)使用，必須從日文跨越到中文」的一代。參阮美慧，《笠詩社跨越語言一代詩人研究》，東海大學中國文學研究所碩士論文，一九九七年。

60林亨泰回憶，笠「沒有辦法完全擺脫現代派的基本路線及影響」，又說「現代詩社發動的現代派，後來就變成藍星、創世紀、笠共同支持的現代詩運動」，引同註35，頁一五一—一五一。此外，「現代派」成立之際加盟者名單中，「笠詩社」十二名創始人就有林亨泰、白萩、黃荷生、錦連、楓堤(李魁賢)、薛柏谷等六人。

61陳千武，〈談《笠》的創刊〉，鄭炯明編，《台灣精神的崛起：「笠」詩論選集》，文學界，一九九八年，頁三八〇—三八三。

62向陽，〈微弱但是有力的堅持：七〇年代台灣現代詩壇本土論述初探〉，《台灣現代詩史論》，文訊雜誌社，一九九六年，頁三六九。

63此一宣言見於《龍族》各期封面裡，六—八期上封面。該刊一九七六年五月出刊第十六期後停刊。

64引自黃進蓮，〈剃人頭者人恆剃之〉，《主流》七期，一九七二年十二月，頁七四。原見於《主流》四期。

65引自《大地》〈發刊辭〉。該刊於一九七七年一月出版第十九期後停刊。

66執教於新加坡大學英文系的關傑明，針對《中國現代詩選》、《中國現代詩論選》及《中國現代文學大系》，在〈人間〉副刊發表〈中國現代詩人的困境〉(一九七二年二月二十八、二十九日)及〈中國現代詩的幻境〉(一九七二年九月十、十一日)，抨擊現代詩人「以忽視他們傳統的文學來達到西方的標準」。

67 唐文標在一九七三年七月出刊的《龍族評論專號》中發表〈什麼時候什麼地方什麼人——論傳統詩與現代詩〉、在《文季》發表〈詩的沒落——台港新詩的歷史批判〉、在《中外文學》發表〈僵斃的現代詩〉三篇文論，批判五、六〇年代詩人所立基的只是「腐爛的藝術至上理論」，逐一點名批判詩人「逃避現實」，認為他們具有「個人的、非作用的、『思想』的、文字的、抒情的、集體的」六大集體逃避傾向，要求他們「站到旁邊去吧，不要再阻攔青年一代的山、水、陽光」。這三篇文章，立刻掀起詩壇風暴。

68 向陽，〈七十年代台灣現代詩風潮試論〉，陳幸蕙編，《七十三年文學批評選》，爾雅出版社，一九八五年，頁一一四—一一五。

69 《詩脈》季刊同仁有岩上、王灝、李瑞騰等。一九七八年九月出刊第八期後停刊。

70 《綠地》一一期，高雄德馨室出版社出版，據序，「這次的展出以中國當代卅五歲以下（按：即一九四五年後出生）之青年詩人為對象」。《綠地》於一九七八年十二月出刊第十三期後停刊。

71 《陽光小集》創刊時原為同仁作品合集，一九八〇年七月夏季號第三期改為詩刊形態，一九八一年三月春季號第五期後，革新為「詩雜誌」，其同仁分佈全島，來自國內各詩社。一九八四年停刊。

72 引自〈在陽光下挺進——詩壇需要「不純」的詩雜誌〉，《陽光小集》一〇期社論，一九八二年十一月，頁六—八。

73 同註68，頁一一〇。

74 楊文雄，〈風雨中的一線陽光：試論《陽光小集》在七、八十年代詩壇的意義〉，《台灣現代詩史論》，文訊雜誌社，一九九六年，頁三二〇。

75 林燿德，〈不安海域：八〇年代前葉現代詩風潮試論〉，《不安海域》，師大書苑，一九八八年，頁三八—四〇。

76 關於這五種詩體的主張及其交錯，詳林淇瀁，〈八〇年代台灣現代詩風潮試論〉，《第三屆現代詩學術會議論文集》，彰化師範大學國文系，一九九七年，頁六五—九七。

77 林燿德、羅青簡介，詳本書頁三四七、頁二〇五。

78 同註75，頁五二。

79 夏宇，本名黃慶綺，另有筆名童大龍、李格弟，一九五六年生，廣東五華人。台灣國立藝專影劇科畢業。十九歲開始寫詩，著有詩集《備忘錄》、《腹語術》、《摩擦．無以名狀》、《Salsa》等多種。

80 鴻鴻簡介，詳本書頁三六〇。

81 林宗源、向陽簡介，詳本書頁一一六、頁二八七。

82 林央敏，一九五五年生，台灣嘉義人。嘉義師專、輔大中文系畢業，曾任台語文推廣促進會會長、茄苳台文雜誌社社長。著有詩集《駛向台灣的航路》、《故鄉台灣的情歌》、《台語文學運動史論》等多種。曾獲「聯合報文學獎」、「金曲獎」最佳作詞人獎、「台灣詩人獎」等多種。

83 黃勁連，本名黃進蓮，一九四七年生，台灣台南人。嘉義師專、文化大學中文系畢業。曾任「華岡詩社」社長、大漢出版社發行人、《蕃薯》詩刊總編輯，現任《海翁台語文學》總編輯。著有詩集《黃勁連台語文學選》、《蕃薯兮歌》等多種。

84 《台語詩六家選》，自立晚報，一九九〇年。選錄了林宗源、向陽、黃勁連、黃樹根、宋澤萊、林央敏等六位詩人作品，編注者鄭良偉強調該詩選是「台語文學發展過程中意義重大的文學作品集」。

85 杜潘芳格簡介，詳本書頁四六。利玉芳，一九五二年生，台灣屏東人，高雄高商畢業，成大空專肄業，現為農場主人。著有詩集《活的滋味》、《客語詩集》等多種。

86 席慕蓉簡介，詳本書頁一七六。

87 同註76，頁八六。

88 《詩在女鯨躍身擊浪時》，書林出版社，一九九八年。收王麗華、江文瑜、李元貞、利玉芳、沈花末、杜潘芳格、海瑩、陳玉玲、張芳慈、劉毓秀、蕭泰、顏艾琳等十二位詩人作品。

89 江文瑜簡介，詳本書頁三三〇。

90 顏艾琳、陳克華、許悔之、陳義芝簡介，詳本書頁三七〇、頁三三四、頁三六五、頁二五七。

91 響葫蘆，本名姚大鈞；澀柿子，本名曹志漣，為夫妻藝術家，旅居美國加州，一九九七年開始在網路中架設《妙繆廟》網站（www.sinologic.com/webart/menu.html），開啟了台灣網路詩的風氣。其後而出的網路詩作家有代橘、李順興、蘇紹連、向陽、白靈、須文蔚等。

92 孟樊，《當代台灣新詩理論》，揚智出版社，一九九五年，頁二八四。

93 廖咸浩，〈離散與聚焦之間：八十年代後現代詩與本土詩〉，《台灣現代詩史論》，文訊雜誌社，一九九六年，頁四三七。

南國哀歌

賴和

所有的戰士已都死去，
只殘存些婦女小兒，
這天大的奇變，
誰敢說是起於一時？

人們所最珍重莫如生命，
未嘗有人敢自看輕，
這一舉會使種族滅亡，
在他們當然早就看明，
但終於覺悟地走向滅亡，
這原因就不容妄測。

雖說他們野蠻無知？
看見鮮紅紅的血，
便忘卻一切歡躍狂喜，
但是這一番啊！
明明和往日出草有異。

在和他們同一境遇，
一樣呻吟於不幸的人們，
那些怕死偷生的一群，
在這次血祭壇上，
意外地竟得生存，
便說這卑怯的生命，
神所厭棄本無價值。
但誰敢相信這事實裡面，
就尋不出別的原因？

「一樣是呆命人！

趕快走下山去！」
這是什麼言語？
這有什麼含義？
這是如何地悲悽！
這是如何的決意！

是怨是儱？雖則不知，
是妄是愚？何須非議。
舉一族自願同赴滅亡，
到最後亦無一人降志，
敢因為蠻性的遺留？
是怎樣生竟不如其死？

恍惚有這呼聲，這呼聲，
在無限空間發生響應，
一絲絲涼爽秋風，
忽又急疾地為它傳播，

好久已無聲響的雪，
也自隆隆地替它號令。

兄弟們！來！來！
來和他們一拚！
憑我們有這一身，
我們有這雙腕，
休怕他毒氣、機關鎗！
休怕他飛機、爆裂彈！
來！和他們一拚！
兄弟們！
憑這一身！
憑這雙腕！

兄弟們到這樣時候，
還有我們生的樂趣？
生的糧食儘管豐富，

容得我們自由獵取？
已闢農場已築家室，
容得我們耕種居住？
刀鎗是生活上必需的器具，
現在我們有取得的自由無？
勞働總說是神聖之事，
就是牛也只能這樣驅使，
任打任踢也只自忍痛，
看我們現在，比狗還輸！
我們婦女竟是消遣品，
隨他們任意侮辱蹂躪！
那一個兒童不天真可愛，
凶惡的他們忍相虐待，
數一數我們所受痛苦，
誰都會感到無限悲哀！

兄弟們！來！來！

捨此一身和他一拚！
我們處在這樣環境，
只是偷生有什麼路用，
眼前的幸福雖享不到，
也須為著子孫鬪爭。

◆作者簡介

賴和，本名賴河，一八九四年生，一九四三年卒，台灣彰化人。畢業於台北醫學校，其後在彰化開設醫院，加入「台灣文化協會」等社會運動，一九二三年因「治警事件」被捕入獄，一九四一年十二月又無故被捕入獄五十日，因病重出獄，一年多後病逝。

賴和是日治時期台灣新文學運動的領導人，少年時代曾在小逸堂學習漢文，舊學根基深厚。一九二〇年代投入新文學創作。除古典漢詩之外，他在新詩、小說與散文創作上也都有傑出表現，同時曾經主持《台灣民報》「文藝欄」，發掘、培養青年作家，為台灣文壇所敬重。他的詩文，具有抵抗強權凌辱與壓迫的不屈精神，總是站在人民的立場書寫，他為農民、菜販、婦女與弱勢民族而寫，具有強烈的人道主義精神，因此風格偉烈，後被譽為「台灣新文學之父」。其作品有《賴和全集》行世。

◆作品賞析

〈南國哀歌〉原載一九三一年出版的《台灣新民報》三六一號、三六二號，這首詩是賴和哀悼霧社事件之作。霧社事件發生於一九三〇年十月二十七日，霧社泰雅族原住民為反抗日本之威逼，在這天衝進霧社公學校舉辦中的運動大會，殺死一百三十六名日本人，結果引起日本當局報復，出兵鎮壓，日軍以武器作戰、飛機轟炸、甚至以毒瓦斯做武器殘殺泰雅族人，引發全世界關注、譴責。

這首〈南國哀歌〉，揭發了日本統治者屠殺泰雅族原住民的暴虐不義，痛斥當時的日本統治者視原住民為三等國民，欺壓、凌辱少數民族的不堪，「看我們現在，比狗還輸」；「我們婦女竟是消遣品，／隨他們任意侮辱蹂躪！／那一個兒童不天真可愛，／凶惡的他們忍相虐待」，可說字字肺腑、句句血淚。詩中多次呼籲：「來！和他們一拚！／兄弟們！／憑這一身！／憑這雙腕！」洋溢著抵抗強權統治者的凜然正氣，這和賴和小說〈一桿稱仔〉中秦得參不惜一死，寧取生命尊嚴的結局一樣，都令人動容。

本詩語言素樸，素樸所以有力；但素樸中仍見詩人造境生情的功力，「恍惚有這呼聲，這呼聲，／在無限空間發生響應，／一絲絲涼爽秋風，／忽又急疾地為它傳播，／好久已無聲響的雪，／也自隆隆地替它號令」，就通過景物的巧妙轉喻，喻示了霧社事件的驚天動地；本詩表面上看似使用中文，實則字字可用台語誦讀，並因此得見腳韻，如第一節四行中，一、二、四行「去」、「兒」、「時」三字，用中文無韻，台語則腳韻清晰，即可知賴和此詩以台語思考的本質。

◇延伸閱讀

1. 林瑞明，《台灣文學與時代精神：賴和研究論集》，允晨文化，一九九三年。
2. 李篤恭編，《磺溪一完人》，前衛出版社，一九九四年。
3. 李南衡編，《賴和先生全集》（日據下台灣新文學・明集1），明潭出版社，一九九七年。
4. 林瑞明編，《賴和全集》，前衛出版社，二〇〇二年。
5. 陳建忠，《書寫台灣・台灣書寫：賴和的文學與思想研究》，春暉出版社，二〇〇四年。

黑潮集（五十三首選六）

楊華

20

水仙花被人愛護，
將她供植在清水磁盆裡，
她卻抹著嘴恥笑在污泥中獨自營生長活的荷花。

30

聲聲的被生命追迫著的人們的慘呼聲，
是荊棘的刺？
是雪花般寶劍的鋒芒？
一聲聲的穿透了我的心房。

35

幾根粗大的藤蘆，
將他的生命寄托在一株古老的楓樹上，
得意洋洋地紛披著的綠葱蘢葉，
地下的小草護住著他的根，
很替他擔憂。

46

池魚逃不回大海，
魚呀！你盼望著洪水嗎？
籠鳥逃不回森林，
鳥呀！你盼望著大火嗎？

47

飛鷹饑餓了
徘徊天空，想吞沒一顆顆的星辰。

我要從悲哀裡逃出我的靈魂，去哭醒
那人們的甜蜜的戀夢！
我要從憂傷裡擠出我的心兒，去填補
失了心的青年胸膛！

女工悲曲

星稀稀，風絲絲，
淒清的月光照著伊，
搔搔面，拭開目睭，
疑是天光時。
天光時，正是上工時，
莫遲疑，趕緊穿寒衣。

走！走！走！
趕到紡織工場去，
鐵門鎖緊緊，不得入去，
纔知受了月光欺。
想返去，月又斜西又驚來遲；
不返去，早飯未食腹裡空虛；
這時候，靜悄悄路上無人來去，
　冷清清荒草迷離，
　風颼颼冷透四肢，
　樹疏疏月影掛在樹枝。
等了等鐵門又不開，
陣陣霜風較冷冰水，
冷呀！冷呀！
凍得伊腳縮手縮，難得支持，
等得伊身倦力疲，
直等到月落，雞啼。

◆作者簡介

楊華，本名楊顯達，一九〇六年生，一九三六年卒，台灣屏東人。設私塾，以教授漢文為生，一生貧病交迫。一九二六年參加《台灣民報》徵詩，以〈小詩〉獲第二名，步入詩壇。次年因違反治安維持法被捕下獄，獄中撰寫〈黑潮集〉組詩。後因厭世懸樑自殺，得年三十，被稱為「薄命詩人」。

楊華的詩作以小詩為多，亦有台語詩作，他的詩受到泰戈爾和冰心影響，清新自然，抒情和哲理兼用，含蓄動人，加上漢學涵養深固，鎔鑄新詞，更見順手；更重要的是，在他詩作中洋溢著為弱者與受侮辱者抗議伸冤的人道精神，對殖民統治的不義批判有加，乃能在柔弱中見剛強，在哀怨中現勇毅。其作品已經結集為《黑潮集》。

◆作品賞析

楊華〈黑潮集〉撰於獄中，共五十三首，其中多屬自勉自勵與抵抗日本殖民的詩作，可以看出他個人的窘迫、生涯的多舛，也反映了殖民地台灣社會共同的悲哀。

這裡選錄集中小詩六首，這些詩或者藉詠物以自喻，如「水仙花被人愛護，／將她供植在清水磁盆裡，／她卻抹著嘴恥笑在污泥中獨自營生長活的荷花」；或者描述現實生活中遭到凌虐、壓制的弱者的哀嚎，表現詩人的人道關懷，如以「聲聲的被生命追迫著的人們的慘呼聲，／是荊棘的刺？／是雪花般寶劍的鋒芒？／一聲聲的穿透了我的心房」來寫刺心之痛；或者以具體象徵轉喻企求自由，不惜顛覆體制的強烈革命企圖，如「魚呀！你盼望著洪水嗎？」、「鳥呀！你盼望著大火嗎？」的激憤之語；或者以泰戈爾式的警句，藉自然景物（如「飛鷹」、「星辰」）喻人生哲理；或者如五十一首那樣「要從悲哀裡逃出我的靈魂」、「要從憂傷裡擠出我的心兒」的自勉。在在都以短小、練達的語言、意象出之，有餘味可尋。

〈女工悲曲〉清楚顯現楊華站在批判資本帝國主義壓榨工人的左翼立場。詩用台語寫出，更見其寫實批判風格。楊華筆下的女工，象徵所有日治下台灣人民的共同處境。這首詩，採取押韻形式，近乎歌謠，故題為「悲曲」，尤其「靜悄悄路上無人來去，／冷清清荒草迷離，／風颼颼冷透四肢，／樹疏疏月影掛在樹枝。」四句，更見民間戲曲的深厚影響，這使他的這首詩能脫出生活話語的侷限，開創台語文學的深厚格局。詩中「荒草」、「月影」、「霜風」等意象語言，也鋪陳並暗喻殖民地台灣人的處境。這是字字帶血之詩，也是句句含悲之曲。

◆延伸閱讀

1. 林載爵，〈黑潮下的悲歌：詩人楊華〉，《夏潮》一卷八期，一九七六年十一月一日。
2. 羊子喬，〈歷史悲劇的控訴：楊華詩中的悲觀意識〉，《蓬萊文章台灣詩》，遠景出版社，一九八三年。
3. 許俊雅，〈薄命詩人楊華及其作品〉，《台灣文學散論》，文史哲出版社，一九九四年。
4. 呂興昌，〈引黑潮之洪濤環流全球：楊華詩解讀〉，《台灣文藝》新生版三期，一九九四年六月，頁一一四—一二一。
5. 莫渝，〈鐵窗與秋愁：楊華作品研究〉，楊華詩集《黑潮集》，桂冠出版社，二〇〇一年。

尼姑

水蔭萍

年輕尼姑的端端打開窗子。
夜的濕氣沉迷籠罩著。端端伸出白皙胳膊摟抱胸膛。在可怕的夜氣中，神壇佛像儼然微笑著。端端的眼睛跟夜一樣澄清，影子寂靜了，燈光整夜燃燒。

被夜的秩序所驚嚇的端端走入虛妄的性之理念。我的乳房為什麼比不上她的美。我的眼窩下面為何只映照著忘掉的色彩而已……
紅色玻璃的如意燈繼續燃燒著。青銅色的鐘漂浮著冰冷靈魂，尼姑庵的正廳宛如停車場一樣冷靜在紅彩陰影，神像蠕動著
韋馱爺的劍亮出來，十八羅漢騎著神虎。
端端合掌，失神地昏倒過去。
跟黎明的鐘爬起來的尼姑端端。線香與淨香瀰漫著。端坐著的端端哭泣著。誦了一陣子經文。
——老母喲！老母
端端向神奉獻了處女尼姑的青春。

作者簡介

水蔭萍，本名楊熾昌，一九〇八年生，一九九四年卒，台灣台南人。台南二中、日本東京文化學院畢業。回台後擔任《台南新報》文藝欄（副刊）編輯，一九三九年加入西川滿主編的《華麗島》詩刊。戰後，他進入《台灣新生報》擔任記者，也曾受聘為《公論報》台南分社主任、台南市文獻委員會委員。

水蔭萍在中學時期就接觸歐美文學，一九三三年組織「風車詩社」，發行《風車》四期，是台灣第一位提倡並實踐「超現實主義」詩觀的詩人，為台灣新詩帶來異質的新領域和新風格，他主張詩應該表現感性的纖細和迫力，透過聯想的飛躍，形成思考的音樂，並擁有「燃燒文化傳統」的技法。戰後，仍以日文寫作隨筆。著有日文詩集《熱帶魚》、《樹蘭》、《燃燒的臉頰》等三冊，《燃燒的臉頰》已由葉笛譯成中文、呂興昌編訂為《水蔭萍作品集》。

作品賞析

〈尼姑〉這首詩寫於一九三四年十二月，收進詩集《燃燒的臉頰》，有陳千武、月中泉和葉笛三人的漢譯，這裡選的是月中泉的譯本。

這首詩以少女端端出家為尼為主題，一開頭先寫端端打開窗子的情境，「夜的濕氣沉迷籠罩著」、「神壇佛像儼然微笑著」，就隱藏了人欲與聖靈的衝突和矛盾。全詩在這樣的情境下，通過端端的不眠之夜一逕展開。「影子寂靜了，燈光整夜燃燒」，喻示了接下來尼姑端端「我的乳房為什麼比不上她的美」、「我的眼窩下面為何只映照著忘掉的色彩而已……」的騷動。詩人似乎有意以女尼端端的欲望，對比於「紅色玻璃的如意燈繼續燃燒著。青銅色的鐘漂浮著冰冷靈魂，尼姑庵的正廳宛如停車場一樣冷靜。」的佛堂清規，來凸顯女尼思凡的情欲變化。接下來，詩人以「在紅彩陰影，神像蠕動著。/韋馱爺的劍亮出來，十八羅漢騎著神虎。」的虛幻情境介入端端的情欲世界裡，於是端端失神昏倒，直到黎明來到，尼姑端端哭泣著、誦了一陣子經文，「向神奉獻了處女尼姑的青春」。

這首詩將現實與虛幻、情欲與聖靈、女尼與佛像之間，那種猶疑/游移的衝突表現得相當細緻幽微，加上鮮明意象的繽紛與斷裂、情緒的搏動與起伏，表達出纖細的感性，荒廢的美，也顛覆了傳統東方文化的保守與內斂，是一首置於今日一樣鮮麗、淒美而又動人魂魄的詩。

◇延伸閱讀

1. 羊子喬，〈移植的花朵〉，《蓬萊文章台灣詩》，遠景出版社，一九八三年，頁三九—五七。
2. 呂興昌編，《水蔭萍作品集》，台南市文化中心，一九九五年。
3. 葉笛，〈日據時代台灣詩壇的超現實主義運動〉，《台灣現代詩史論》，文訊雜誌社，一九九六年，頁二一一—二三四。
4. 劉紀蕙，〈變異之惡的必要：楊熾昌的異常為書寫〉，《孤兒・女神・負面書寫》，立緒文化，二〇〇〇年，頁一九〇—二二三。

狼之獨步

紀弦

我乃曠野裡獨來獨往的一匹狼。
不是先知，沒有半個字的嘆息。
而恆以數聲淒厲已極之長嘷
搖撼彼空無一物之天地，
使天地戰慄如同發了瘧疾；
並刮起涼風颯颯的，颯颯颯颯的：
這就是一種過癮。

雕刻家

煩憂是一個不可見的
天才的雕刻家。
每個黃昏，他來了。
他用一柄無形的鑿子
把我的額紋鑿得更深一些；
又給添上了許多新的。
於是我日漸老去，
而他的藝術品日漸完成。

◇作者簡介

紀弦，本名路逾，一九一三年生，二〇一三年卒。河北清苑人，祖籍陝西。早年曾使用筆名路易士。蘇州美術專科學校畢業，戰後來台，擔任成功中學教師，一九七六年移居美國，寫作不輟，直到逝世。

紀弦是戰後台灣現代派的倡導者，他在一九五三年創辦並主編《現代詩》季刊，隨後於一九五六年結合一百多位詩人組成「現代派」，發表宣言，強調現代詩要取法西方現代主義，進行「橫的移植」，主張「主知」（強調知性而非感性）的詩。這個運動影響了台灣此後的現代詩走向，直到一九七〇年代鄉土文學風潮興起。

紀弦的詩風明快，善於使用嘲諷、戲謔的字眼，表現獨特的韻味，他雖然主張現代主義，但詩作風格仍然相當浪漫。退休赴美後，他還是不斷寫詩，被譽為「詩壇常青樹」。紀弦著有詩集《摘星的少年》、《飲者詩鈔》、《晚景》、《半島之歌》、《第十詩集》等十部。

◆作品賞析

〈狼之獨步〉寫狼，也是詩人個性與風格的自我呈現。在這首詩中，「我乃曠野裡獨來獨往的一匹狼。／不是先知，沒有半個字的嘆息。」充分映照了我與狼一樣獨來獨往，出入曠野的灑脫和孤獨，其中洋溢著極其濃厚的浪漫情懷，「不是先知」，所以沒有門徒跟隨，同樣表現自負神色；「沒有半個字的嘆息」，則強調選擇如此角色的無愧無疚，帶了某種驕傲的灑脫，全詩到此已經把狼的特性寫入骨了。接著詩人寫下「而恆以數聲淒厲已極之長嗥／搖撼彼空無一物之天地，／使天地戰慄如同發了瘧疾」的詩句，則進一步強化狼的高傲與毀滅性，帶點目中無人的唯我色彩，「淒厲已極之長嗥」，既寫狼的嗥聲，也寫我的意志。詩末結於「這就是一種過癮」，有痛快淋漓的豪氣，應和了首行「我乃曠野裡獨來獨往的一匹狼」的陳述。

這首詩是用「力拔山兮氣蓋世」的豪情寫出的詩，是典型的浪漫主義作品。

〈雕刻家〉這首詩是一首小品，和〈狼之獨步〉相較，顯然少了干雲的豪邁之氣，這首詩將煩憂具體化為「天才的雕刻家」，出沒無形，卻有無比力量，「他用一柄無形的鑿子／把我的額紋鑿得更深一些」，「無形的鑿子」暗喻無形的歲月，所以總在「黃昏」來鑿刻「我的額紋」，「又給添上了許多新的」，生命的匆迫、歲月的流逝，表現在額紋之上，詩人透過想像，具象化為鑿子的鑿刻，更見驚心動魄。末句「於是我日漸老去，／而他的藝術品日漸完成」，看似平淡無奇，卻在平淡中刻繪了時間老人的智慧。

◆延伸閱讀

1. 楊牧，〈關於紀弦的現代詩與現代派〉，《現代文學》四六期，一九七二年三月，頁八六—一〇三。
2. 陳玉玲，〈紀弦與《現代詩》詩刊之研究〉，《台灣文學觀察雜誌》四期，一九九一年十一月，頁三一—三三。
3. 陳全得，《台灣《現代詩》研究》（政治大學中國文學研究所博士論文），一九九九年。
4. 奚密，〈在我們貧瘠的餐桌上：五〇年代的《現代詩》季刊〉，周英雄、劉紀蕙編，《書寫台灣》，麥田出版社，二〇〇〇年，頁一九七—二二九。
5. 楊宗翰，〈中化「現代」：紀弦、現代詩與現代性〉，《台灣現代詩史：批判的閱讀》，巨流出版社，二〇〇二年，頁二八五—三一五。

五月

詹冰

五月，
透明的血管中，
綠血球在游泳著——。
五月就是這樣的生物。

五月是以裸體走路。
在丘陵，以金毛呼吸。
在曠野，以銀光歌唱。
於是，五月不眠的走路。

液體的早晨

瞬間，
初生態的感覺，
游泳在透明體中。
毫無阻力——。

現在，
讀新詩般我要讀
被玻璃紙包著的
新鮮的風景。

例如，
水藻似的相思樹下，

成了魚類的少女
搖著扇子的魚翅。

於是，
早晨的Poesie，
好像CO_2的氣泡，
向著雲的世界上昇。

◆作者簡介

詹冰，本名詹益川，四〇年代另有筆名綠炎，一九二一年生，二〇〇四年卒，台灣苗栗人。先後畢業於台中一中、日本明治藥專，曾任國中理化老師、藥師。

他於日治時代就讀中學時，開始嘗試「和歌」、「俳句」創作，並以俳句獲台中圖書館詩獎。一九四三年以〈五月〉等詩受日本詩人崛口大學賞識；戰後參加銀鈴會，在《潮流》詩刊大量發表日文詩，其後輟筆，直到一九六四年參加發起「笠詩社」之後重新出發。他的詩，擅長邏輯思考，具有強烈的知性和現代性，他的語言大膽活潑、結構又復嚴謹。同時，他也以圖像詩聞名詩壇，晚年提倡「十字詩」，仍見實驗精神。著有詩集《綠血球》、《實驗室》、《詹冰詩選集》等多種。

曾獲台中市「大墩文學貢獻獎」、鹽分地帶文學營「台灣新文學貢獻獎」、「榮後台灣詩人獎」等獎項。

◆作品賞析

〈五月〉是詹冰的成名作，在這首意象鮮明的詩中，詩人以擬人化的筆法描繪五月景象，傳達出了初夏生機盎然、綠意蓬勃的季節感。

首節開筆，詩人就用大膽出奇的想像，將五月形容為「生物」：「透明的血管中，／綠血球在游泳著」，綠血球表現出初夏綠色植物繁茂盛開（游泳）的動態感覺，相對的，「透明血管」，也就呈現了五月明亮而生機湧動的季節特徵，起筆如此，已見大家氣魄；接下來的一節，詩人進一步說「五月是以裸體走路」，則更是翻新了初夏之際天地間一切裸裎、開放、繁衍的圖像：五月這個生物「在丘陵，以金毛呼吸。／在曠野，以銀光歌唱。」金毛、銀光，相互對映，丘陵上耀著陽光的草的搖曳、曠野中的陽光燦亮的歌聲，構成了一幅美麗的圖畫，溫暖而愉快的季節因此來臨，並且「不眠的走路」。詩作表現至此，已臻絕妙境界，同時看出詩人早期實踐現代主義詩觀的實驗精神。

〈液體的早晨〉又是一首令讀者一新耳目的佳作。以液體形容早晨，於是「初生態的感覺，／游泳在透明體中。／毫無阻力」的新的一天的愉悅一下子「水」一樣浮現讀者眼前。「水」的澄澈、明淨，使得早晨的新鮮具現。第二節，詩人翻轉過來，說「讀新詩般我要讀／被玻璃紙包著的／新鮮的風景」，做了進一步的勾勒；第三節，則以斷裂、跳躍的三組圖像「水藻似的相思樹下，／成了魚類的少女／搖著扇子的魚翅」來具體但又充滿暗喻地寫出早晨的美麗和浪漫。這首詩的結尾也奇，詩人將法文"Poesie"（詩）和"CO_2"（二氧化碳）組合，寫出了早晨讀詩、早晨如詩的神祕美感，因而更加耐人尋味。桓夫稱許詹冰把日治年代的前衛精神，帶入戰後台灣開花，理由在此。

◇延伸閱讀

1. 莫渝編，《認識詹冰、羅浪》，苗栗縣文化局，一九九三年。
2. 阮美慧，〈第五章：分論(三)原銀鈴會詩人群：錦連與詹冰、張彥勳研究〉，《笠詩社跨越語言一代詩人研究》（東海大學中國文學研究所碩士論文），一九九七年。
3. 莫渝，《詹冰詩全集・研究資料彙編》，苗栗縣文化局，二〇〇一年。

山

周夢蝶

若你呼喚那山，而山不來；你就該走向他。——《珂蘭經》

從不平處飛來
兀兀然，欲探首天外
看你底投影
比你底沉思還澹
比你的哲學還瘦而拗且古

息息法斯底憂戚亮了
當雷電交響時
你像命運一般地哭
哭這書，是誰家底書

夜，是誰家底夜

依稀高處有回聲呼喚你
在苦笑的忍冬花外
你戰慄著。你本屬於
「你沒有拄杖子
便拋卻你拄杖子」的那類狂者

疾風在你髮梢嘯吟
歲月底冷臉沉下來
說天外還有天
雲外還有雲。說一寸狗尾草
可與獅子底光箭比高

每一顆頑石都是一座奇峰
讓凱撒歸於凱撒
上帝歸上帝，你歸你——

直到永恆展開全幅的幽暗
將你，和額上的摩西遮掩

附註：希臘神話——息息法斯，以剛愎觸神怒，罰推巨石上山，及頂復滾下，再推上……如此往復勞頓，以終其身。

擺渡船上

負載著那麼多那麼多的鞋子
船啊，負載著那麼多那麼多
相向和相背的
三角形的夢。

擺盪著——深深地
流動著——隱隱地

人在船上，船在水上，水在無盡上
無盡在，無盡在我剎那生滅的悲喜上。
是水負載著船和我行走？
抑是我行走，負載著船和水？
瞑色撩人
愛因斯坦底笑很玄，很蒼涼。

◆作者簡介

周夢蝶，本名周起述，一九二〇年生，二〇一四年卒。河南淅川人。安陽中學畢業後進入河南開封師範就讀，唯因戰亂輟學，後入宛西鄉村師範復學，又因戰亂隨青年軍來台，一九五九年起在台北市武昌街騎樓下擺設書攤，專賣詩集、詩刊及文哲圖書，為台北市創造了獨特的文化街景，迄一九八〇年因胃潰瘍結束書攤生活。

周夢蝶有「孤獨國」詩人美譽，他的人清臞消瘦，淡泊名利，生活素樸單純，儼然當代都會隱者。他的詩亦如其人，融有老莊之開曠、儒者之雅風、佛家之慈悲，因而形成特立於台灣詩壇的孤高風格，一如鏡花水月，饒富禪旨。著有《孤獨國》、《還魂草》、《十三朵白菊花》等。一九九七年以其詩藝成就獲得「國家文藝獎」。

◆作品賞析

在台灣現代詩人之中，周夢蝶的詩具有濃烈的宗教色彩，這裡選入的兩首詩〈山〉與〈擺渡船上〉就是典型代表作。

〈山〉以《珂蘭經》「若你呼喚那山，而山不來；你就該走向他。」為引子，寫人生與思想的追尋之路。《珂蘭經》是記載伊斯蘭教教義的經典，與《聖訓》(*Haddith*)同為伊斯蘭教徒重要寶典。在此詩中，周夢蝶以聖潔、純情之志，借用西方典故，澆心中的塊壘。「息息法斯」，通譯為薛西佛斯，乃是希臘神話中風神之子，由於蔑視眾神，受到懲罰，須每日將一塊巨石推到山頂，及頂復滾下，再推上……如此往復勞頓，以終其身。這種命運的荒謬性，也是卡繆(Albert Camus, 1913–1960)在《薛西佛斯神話》中提問的課題。詩人顯然有意借用此一典故，歌詠這種「每一顆頑石都是一座奇峰」的悲壯感覺，凝視荒謬，正視荒謬，直到永恆，生命的價值與尊嚴於是乎在。

〈擺渡船上〉的主要質問在「是水負載著船和我行走？／抑是我行走，負載著船和水？」，全詩圍繞在具有禪思的哲理之上，探究人與天地之間相互依存，而又相對存在的義理，有限與無限、瞬間與永恆、有形與無形、喜與悲，都在此詩之中融於一體，所以生死同一，悲欣交集。詩的境界於是自然浮出。學者葉嘉瑩稱許周夢蝶是一位「以哲思凝鑄悲苦」的詩人，正是此意。

◇延伸閱讀

1. 洛夫，〈試論周夢蝶的詩境：兼評《還魂草》〉，《文藝月刊》二期，一九六九年八月，頁一〇五－一一七。
2. 余光中，〈一塊彩石就能補天嗎：周夢蝶詩境初窺〉，《中央日報．副刊》，一九九〇年一月六日。
3. 曾進豐，《周夢蝶詩研究》（台灣師大國文研究所碩士論文），一九九六年。
4. 曾進豐編，《娑婆詩人周夢蝶》，九歌出版社，二〇〇五年。
5. 史玉琪，〈周夢蝶素描〉，http://www.ncafroc.org.tw/Prize/prize_detail.asp?ID=1&NAME=Prize&detail=藝術家素描&ser_no=1。

信鴿

陳千武

埋設在南洋
我底死，我忘記帶回來
那裡有椰子樹繁茂的島嶼
蜿蜒的海濱，以及
海上，土人操櫓的獨木舟……
我瞞過土人的懷疑
穿過並列的椰子樹
深入蒼鬱的密林
終於把我底死隱藏在密林的一隅
於是
在第二次激烈的世界大戰中
我悠然地活著

雖然我任過重機槍手
從這個島嶼轉戰到那個島嶼
沐浴過敵機十五糎的散彈
擔當過敵軍射擊的目標
聽過強敵動態的聲勢
但我仍未曾死去
因我底死早先隱藏在密林的一隅
一直到不義的軍閥投降
我回到了，祖國
我才想起
我底死，我忘記帶回來
埋設在南洋島嶼的那唯一的我底死啊
我想總有一天，一定會像信鴿那樣
帶回一些南方的消息飛來——

我的血

我的
一半是父親的血
一半是母親的血

我的
妻　是陌生人
架著愛之橋永恆生活在一起

我的
孩子　有一半的我
另一半被陌生人擁有

我的
孫子　只剩下四分之一的我
四分之三是陌生人　和
另一陌生人潛在裡面
因此　我只好緊握著妻的手
主張共享孫子的四分之二

我的
血　時而淡
時而濃　常向未知的神祕叫喊
可是由四分之一　又八分之一
繼續分裂了
終歸　連山的回聲也聽不見——

◆作者簡介

陳千武，本名陳武雄，另有筆名桓夫，一九二二年生，二〇一二年卒，台灣南投人。日治時期州立台中第一中學畢業，二次大戰期間被日本當局徵召為「特別志願兵」，遠赴爪哇，戰後回台，曾任職於林務局所屬的大甲林區管理處二十六年。一九七七年創設台中市市立文化中心，擔任主任，後就任文英館館長。退休後獲靜宜大學聘為榮譽駐校作家。

陳千武是台灣作家中「跨越語言的一代」，從日治時期使用日文寫作，到戰後使用中文寫作，他最早發表的作品是刊登於一九三九年《台灣新民報》的日文詩作〈夏深夜的一刻〉，一九五八年復出文壇時則發表了第一首中文詩作〈外景〉於《公論報》「藍星詩頁」。一九六四年他與趙天儀、林亨泰等十二人共同創立「笠詩社」，在推展本土現代詩運動上卓有貢獻。他的詩作融合感性和理性，緊扣時代脈動，具有強烈的現實意識、反強人統治的批判意識和人道主義精神。著述甚多，跨越詩、小說、隨筆、評論、兒童文學和翻譯等六個領域，詩集有《密林詩抄》、《不眠的眼》、《野鹿》、《媽祖的纏足》、《剖伊詩稿》等。

二〇〇二年以其長期的「社會關懷，以及對台灣歷史經驗的見證」獲「國家文藝獎」。

◆作品賞析

陳千武的早期詩作中，對於日本統治台灣的殖民經驗多有省思，他是被日本當局徵召的「特別志願兵」，〈信鴿〉就是針對日治時期殖民者發動戰爭的積極批判。此詩一啟筆就說「埋設在南洋/我底死，我忘記帶回來」，是反諷用語，沉痛至極。詩作描述詩人於第二次世界大戰中被派赴南洋作戰，倖能存活的經驗，詩人以「我底死早先隱藏在密林的一隅」來暗喻戰爭的恐怖，同時表現對殖民統治者的精神抵抗，通過被殖民者的凝視，呈現對帝國的批判與控訴，讓讀者體會戰爭的殘酷及荒謬。

〈我的血〉則是他的後期作品，在這首詩中，詩人以「血」的不斷交流、分裂，來敘述生命的無奈。從「我的／一半是父親的血／一半是母親的血」啟筆，接著推論「我的孩子，只有我二分之一的血緣，孫子只有四分之一的血緣」，如此繼續分裂，「終歸　連山的回聲也聽不見——」。這首詩有意去除正統血緣的神話，強調人類是在不斷交配、繁衍的過程中相互混雜，而非「一脈相傳」。詩人運用知性的邏輯語言陳述，表現出了以血緣為基礎的民族主義之不可信靠。本詩以精簡的語言表現「去種族論」的思想精髓，且又兼具嘲諷性與趣味性，相當不易。

◆延伸閱讀

1. 葉笛，〈探索異數世界的人——桓夫論〉，《笠》二四期，一九六八年四月，頁四三—四七。
2. 蕭蕭，〈詩人與詩風——桓夫〉，《台灣日報》，一九八二年六月二十四日。
3. 陳明台，〈歷史詩、現實與夢——試析論桓夫的詩〉，《文學界》五期，一九八三年一月，頁六四—八〇。
4. 阮美慧，〈第三章：分論(一)桓夫論〉，《笠詩社跨越語言一代詩人研究》（東海大學中國文學研究所碩士論文），一九九七年。
5. 陳明台，〈陳千武素描〉，http://www.ncafroc.org.tw/Prize/prize_detail.asp?ID=1&NAME=Prize&detail=藝術家素描&ser_no=7

秋

林亨泰

雞，
縮著一腳在思索著。
而又紅透了雞冠。
所以，
秋已深了……

賴皮狗

樓梯的邏輯
只有
要上，就上去
要下，就下來

邏輯的樓梯
只能
不上，就該下
不下，就該上

可是這隻獸
只想

一直賴在那裡
不上，也不下

◆作者簡介

林亨泰，另有筆名亨人、桓太，一九二四年生，台灣彰化人，台灣師範大學教育系畢業，曾任中學教師、東海大學、台中商專、中山醫學院、建國工專等大專院校講師，現已退休。

林亨泰自日治時期就已開始創作，並接觸日本與歐美現代主義作家作品，一九四七年加入「銀鈴會」，踏上新詩創作之路，參與《ふちぐさ》（緣草）與《潮流》詩刊。五〇年代之後，他又先後參與「現代派運動」，提出並發表了許多前衛的詩論與詩作，成為台灣現代主義理論與書寫的先行者；一九六四年，他與桓夫、詹冰、錦連、吳瀛濤、白萩等人共同創辦「笠詩社」，主編《笠》詩刊，鎔現代主義與台灣本土寫實精神於一爐。他的詩在理性和感知之中具有相當前衛的現代視野，也具有強烈的現實批判觀點；他的論述則深具洞見，每能引領詩壇風潮。著有日文詩集《靈魂の產聲》，中文詩集《林亨泰詩集》、《爪痕集》，評論《尋找現代詩的原點》、《現代詩的基本精神》等。

二〇〇四年以他「始於批判」、「走過現代」、「定位本土」的創作歷程及其詩藝，獲得「國家文藝獎」。

◇作品賞析

作為早期現代主義詩人，林亨泰主張詩是一種創造「存在」的新關係的語言藝術。這個詩觀具體表現在他的名作〈秋〉之中。〈秋〉詩只有短短五行，使用縮著一腳在思索著的「雞」，紅透的「雞冠」與「秋已深了」三組意象的並置，表現出詩人對於秋天的新感覺與詮釋。秋天與紅葉、西風，在日常生活中被用慣了，詩人因此使用縮著腳思索的「雞」和紅透的「雞冠」來改變秋天的意象，這是相當大膽的想像，但又具有鮮麗可感的合理關係，這是本詩技巧高超之處。秋的蕭瑟，是雞縮著身子思索；秋的豔麗，是紅透的雞冠。到此，詩的意境也就能夠別出心裁，高拔而出。

林亨泰基於現代主義的方法論出發，到「笠詩社」成立之後，開始關注現實社會，〈賴皮狗〉寫於他實踐現實主義風格的後期。這首詩，一樣使用簡潔俐落的語言，一樣極富知性邏輯，詩人以「上」、「下」的關係處理八〇年代台灣國會亂象，對於當時的「萬年國會」體制和終身國會代表提出他的批判，題目「賴皮狗，就點出了「耍賴」、「賴著不走」的符號意涵，「只想／一直賴在那裡／不上，也不下」，並諷喻這是種違反「樓梯的邏輯」的倒錯，是一首相當諧趣、反諷的佳作。林亨泰後期詩作鎔現代主義技法和寫實主義精神於一爐，於此可證。

◇延伸閱讀

1. 呂興昌編，《林亨泰研究資料彙編》（上）、（下），彰化縣立文化中心，一九九四年。

2. 阮美慧，〈第四章：分論(二)林亨泰論〉，《笠詩社跨越語言一代詩人研究》（東海大學中國文學研究所碩士論文），一九九七年。

3. 蕭蕭，〈台灣現實主義詩作的美學特質——以林亨泰為驗證重點〉，《台灣詩學季刊》三十七期，二〇〇一年。

4. 侯秀育、王宗仁編，《福爾摩莎詩哲：林亨泰文學會議論文集》，彰化縣文化局，二〇〇二年。

5. 陳昌明，〈林亨泰素描〉，http://www.ncafroc.org.tw/Prize/prize_detail.asp?ID=1&NAME=Prize&detail=藝術家素描&ser_no=38。

重生

杜潘芳格

黃色的絲帶
和
黑色絲帶。

我的死，
以桃紅色柔軟的絲帶
打著蝴蝶結的
重生。

紙人

地上到處　都係紙人
秋風一吹　搖過來　搖過去。

佢毋係紙人
佢个身體係神个聖靈住个殿
佢个心交托畀上帝。
腦筋充滿了天賜个啟示
佢个能力　佢个力量天賜個。

紙人充滿台灣島上
佢尋，佢到處去尋，
像佢共樣个真人

◆作者簡介

杜潘芳格，一九二七年生，二〇一六年卒，台灣新竹人。新竹高女畢業。曾任《台灣文藝》社長、女鯨詩社社長。

她自一九四〇年開始以日文寫詩，戰後轉換語言為漢語，九〇年代後以客語詩受到詩壇重視。她的詩，常以基督教的宗教心出發，也帶有多重語言思考而生的神祕氛圍。著有詩集《慶壽》、《淮山完海》、《朝晴》、《遠千湖》、客語詩集《青鳳蘭波》及日文詩集《拯層》等多種。二〇〇七年，她獲頒行政院客委會「傑出貢獻獎」及「台灣新文學貢獻獎」。

◆作品賞析

杜潘芳格是跨越語言的一代，也是台灣客語詩的先行者，她從日治年代走來，先寫日文詩，再寫中文詩，最後回到她生命以寄的母語客語詩中，語言的多重轉折，以及生命經驗和國族認同的衝突，往往使她的詩表現了特殊的氛圍。

〈重生〉是她寫於一九六七年的作品，這首詩以「黃色的絲帶」、「黑色絲帶」和「桃紅色柔軟的絲帶」三個同質異色的象徵，交互對照，運用三種絲帶在人們生活中象徵的懷念、死亡和愛情意涵，討論死亡與重生的課題。意象看似單純，但在詩人冷靜的、富有邏輯性的語言運作下，呈現出人生必得面對離別、死亡和愛情的三種交錯命運，尤其死亡。詩人以重生的心情看待「我的死」，因此要「以桃紅色柔軟的絲帶／

打著蝴蝶結的／重生」來欣然赴約，寫出了生死的意義，寫出了詩人的詩觀：「持著死觀，超脫『死線』的意象」，也給讀者開闊的想像空間和啟示。

〈紙人〉是客語詩，「係」即「是」，「偓」即「我」，「毋係」即「不是」，「个」即「的」，「界」即「托付」，了解這些客語，就不難閱讀。這首詩以「紙人」暗喻隨風擺盪、沒有立場或信仰的人，因此「秋風一吹　搖過來　搖過去」，缺乏定見、信仰，也不知堅持。第二節則對照我的信仰，強調信仰的支柱與可貴，這裡的「上帝」，可以是宗教中的上帝，也可指涉真理或信念，詩人強調的是真理的追尋，必須堅定，不因秋風橫掃，就隨風飄搖、游移。結句以「紙人充滿台灣島上」，我終究找不到與我一樣的真人作結，具有反諷的意味，「紙人充滿」則真人難覓，孤獨、寂寞之情浮現詩末。

◇延伸閱讀

1. 李元貞，〈詩思深刻迷人的女詩人：杜潘芳格〉，《文學台灣》三期，一九九一年，頁六八—七七。
2. 林秀梅，〈悲情之繭：杜潘芳格作品研討會〉，《文學台灣》七期，一九九三年，頁一九九—二一三。
3. 曾秋美，〈杜潘芳格訪問稿〉，江文瑜編，《消失中的台灣阿媽》，玉山社，一九九五年。
4. 阮美慧，〈第六章：分論㈣笠下女詩人：陳秀喜、杜潘芳格〉，《笠詩社跨越語言一代詩人研究》（東海大學中國文學研究所碩士論文），一九九七年。

日夜我在內心深處看見一幅畫

錦連

畫面是承受著層層相疊的黑雲
和由四方匯集而不斷加重的雲層
雲層下有支撐著
天空看不見的重壓的無數手臂
和由八面趕來增援的許多手臂

看著這幅畫　我會隱約聽到
骨頭輾軋的聲音
手臂斷裂的聲音
身軀碎散的聲音

儘管如此
受壓制的雲層上面還重疊著雲層的重壓
儘管如此
支撐著天空的手臂又再添上了不少手臂

他們幾乎幾個世紀就這麼咬緊牙關直立著
在成堆倒在腳底下數不盡的骸骨裡
在成群專事阿諛逢迎的可憐之徒中
他們日夜直立於這神聖的地球的一點
因倔傲和矜持而光榮地消瘦下去

我依舊將日夜看見的這幅畫
掛在期盼和貞潔的良心壁上
雖然畫面上仍沒有迸出破曉的一道光
雖然我仍舊沒有聽見些少微弱的腳步聲
雖然我仍舊——

蚊子淚

蚊子也會流淚吧……
因為是靠人血而活著的
而人的血液裡
有流著「悲哀」的呢

作者簡介

錦連，本名陳金連，一九二八年生，二〇一三年卒，台灣彰化人。一九四一年考進台灣鐵道協會講習所，畢業後被派至彰化火車站電報室服務，退休後專事寫作。

錦連自日治時期開始寫作，戰前就已有三百多首的日文詩，是跨越語言一代的詩人，早期曾參加「銀鈴會」、「現代詩社」，後參與「笠詩社」的發起。錦連的詩，冷靜而帶有悲憫，由個人抒情出發，探照大我社會，在理性和感性之中，表現出他對人性、生命的深刻探討，同時因為他的詩具有「鐵道」意象，被譽為「鐵道詩人」。著有詩集《鄉愁》、《錦連詩集》、《錦連作品集》等多種。曾獲鹽分地帶文藝營「台灣新文學貢獻獎」、真理大學「台灣文學家牛津獎」等獎項。

◆作品賞析

〈日夜我在內心深處看見一幅畫〉，是一首動人的反戰詩，這首詩指的畫應該是畢卡索的名畫「格爾尼卡」。這幅畫以一九三七年四月二十六日，德軍轟炸約一萬人口的格爾尼卡城為題材，透過象徵手法控訴德軍的屠殺無辜，畫中看不到城市、飛機轟炸或軍隊蹤影，卻傳達了死亡與恐懼的戰爭意象，充滿反對法西斯主義的人道精神和胸懷，被舉世視為反戰的典範畫作。格爾尼卡事件後十年，一九四七年台灣也爆發了二二八事件，曾經見證二二八發生過程的詩人錦連，以〈日夜我在內心深處看見一幅畫〉寫下觀畫的感觸，或許也有著對二二八影像的紀錄用意，二二八事件至今仍未完全解密，錦連的這首詩，透過綿密的文字，呈現了鮮明的人道精神和反戰意識，詩中「骨頭輾軋的聲音/手臂斷裂的聲音/身軀碎散的聲音」，說明了戰爭的可恨與恐怖，這是一首書寫戰後台灣歷史災難的好詩，也是一首用良心和血淚寫下的詩。

〈蚊子淚〉是一首只有四行的短詩，但卻像洪鐘一樣，重重捶擊讀者的心。這首詩藉由「蚊子也會流淚吧……」的想像，以邏輯語言逆向推理，詩呈現三段式的寫法，因為人的血液裡留著「悲哀」，蚊子「靠人血而活著」，所以「蚊子也會流淚」，就是推理過程。但如果詩這樣寫，那就流於說理，無趣，詩人反邏輯推理方向，先寫果，再寫因，使此詩的反諷、批判和趣味大增，這是相當現代主義的「主知」技巧，冷靜的黑色幽默：人的悲哀，餵養了蚊子的悲哀，詩人對於生命的莫可奈何，有著明澈的體悟。

◇延伸閱讀

1. 錦連，〈發現新的語言〉，《笠》二〇期，一九六七年八月，頁四三—四四。
2. 呂興忠，〈不撒謊的詩人：錦連先生〉，《文訊》一二五期，一九九六年三月，頁七三。
3. 陳明台，〈硬質而清澈的抒情：純粹的詩人錦連論〉，《笠》一九三期，一九九六年六月，頁一〇八—一一九。
4. 阮美慧，〈第五章：分論㈢原銀鈴會詩人群：錦連與詹冰、張彥勳研究〉，《笠詩社跨越語言一代詩人研究》（東海大學中國文學研究所碩士論文），一九九七年。

我的粧鏡是一隻弓背的貓

蓉　子

我的粧鏡是一隻弓背的貓
不住地變換它底眼瞳
致令我的形像變異如水流

一隻弓背的貓　一隻無語的貓
一隻寂寞的貓　我底粧鏡
睜圓驚異的眼是一鏡不醒的夢
波動在其間的是
時間？　是光輝？　是憂愁？
我的粧鏡是一隻命運的貓
如限制的臉容　鎖我的豐美於
它底單調　我的靜淑

於它底粗糙　步態遂倦慵了
慵困如長夏！

捨棄它有韻律的步履　在此困居
我的粧鏡是一隻蹲踞的貓
我的貓是一迷離的夢　無光　無影
也從未正確的反映我形像

傘

鳥翅初撲
幅幅相連　以蝙蝠弧形的雙翼
連成一個無懈可擊的圓

一把綠色小傘是一頂荷蓋

紅色朝暾　黑色晚雲
各種顏色的傘是載花的樹
而且能夠行走

一柄頂天
頂著豔陽　頂著雨
頂著單純兒歌的透明音符
自在自適的小小世界

一傘在握　開闔自如
闔則為竿為杖　開則為花為亭
亭中藏一個寧靜的我

◇作者簡介

蓉子，本名王蓉芷，一九二八年生，二〇二一年卒，江蘇吳縣人。南京金陵女子大學服務部實驗科畢業，後曾獲美國愛荷華大學國際寫作計畫榮譽研究員名銜。她自一九五〇年開始寫詩，加入「藍星詩社」，一九五三年出版處女詩集《青鳥集》之後受到詩壇矚目，一直寫作不輟，共出版有包括《七月的南方》、《維納麗沙組曲》、《蓉子自選集》、《千曲之聲》在內的詩集十六種，以及散文遊記、理論導讀、童話翻譯等多種。

蓉子的詩如其人，溫柔婉約，詩作主題包括哲思、親情、自然以及女性形象的書寫，部分詩作也觸及社會現實素材與都市文明的批判，其中表現出明澈、莊嚴、虔敬的情懷，均動人十分，被譽為「永遠的青鳥」。

作品曾獲「國家文藝獎」、「國際婦女文學獎」等多種獎項。

◆作品賞析

蓉子的詩表面上溫柔婉約，實質上則具有厚實的生命感，〈我的粧鏡是一隻弓背的貓〉，就能具體說明她的詩風和人格。這首詩起頭就說「我的粧鏡是一隻弓背的貓／不住地變換它底眼瞳／致令我的形像變異如水流」，結句則以「我的粧鏡是一隻蹲踞的貓／我的貓是一迷離的夢　無光　無影／也從未正確的反映我形像」總結，前後句相互呼應，寫出了身為女性面對自我的迷離，以及找尋自我形象定位的不易，就蓉子身處的父權年代來看，這首詩揭示的乃是女性企圖從父權陰影下找回女性主體與自我的企圖。從「弓背」、「無語」到「寂寞」，蓉子以貓和粧鏡暗喻父權陰影下女性的命運，這與她在詩集《維納麗沙組曲》中表現現代獨立自主女性形象可以相互對照。詩人把貓和粧鏡的象徵，轉化為女性的省覺，反映出女性的困境和女性亟欲擺脫父權下的她者困境，尋求自我的渴望，十分成功。

〈傘〉也有著同樣的企圖，此詩以「鳥翅初撲／幅幅相連　以蝙蝠弧形的雙翼／連成一個無懈可擊的圓」開場，象徵女性對幸福的渴望，「自在自適的小小世界」是傘下人的世界，「闔則為竿為杖　開則為花為亭／亭中藏一個寧靜的我」，是對自足、寧靜生命的期許。維基尼亞・吳爾芙（Virginia Woolf, 1882–1941）強調女性應該擁有自己的房間，蓉子則在「傘下」尋覓「自在自適的小小世界」。

◆延伸閱讀

1. 余光中等著，《蓉子論》，中國社會科學出版社，一九九三年。
2. 周偉民、唐玲玲主編，《羅門蓉子文學世界學術研討會論文集》，文史哲出版社，一九九四年。
3. 蕭蕭編，《永遠的青鳥——蓉子詩作評論集》，文史哲出版社，一九九五年。
4. 謝冕等著，《從詩中走過來：論羅門蓉子》，文史哲出版社，一九九七年。
5. 夏聖芳，《蓉子詩研究》（南華大學中國文學研究所碩士論文），二〇〇二年。

煙之外

洛夫

在濤聲中呼喚你的名字而你的名字
已在千帆之外

潮來潮去
左邊的鞋印才下午
右邊的鞋印已黃昏了
六月原是一本很感傷的書
結局如此之悽美
——落日西沉
我依然凝視
你眼中展示的一片純白
我跪向你向昨日向那朵美了整個下午的雲

海喲，為何在眾燈之中
獨點亮那一盞茫然
還能抓住甚麼呢？
你那曾被稱為雪的眸子
現有人叫它
煙

有鳥飛過

香煙攤老李的二胡
把我們家的巷子
拉成一綹長長的濕髮
院子的門開著

香片隨著心事　向
杯底沉落
茶几上
煙灰無非是既白且冷
無非是春去秋來

你能不能為我
籐椅中的千種盹姿
各起一個名字？

晚報扔在臉上
睡眼中
有
鳥
飛
過

因為風的緣故

昨日我沿著河岸
漫步到
蘆葦彎腰喝水的地方
順便請煙囪
在天空為我寫一封長長的信
潦是潦草了些
而我的心意
則明亮亦如你窗前的燭光
稍有曖昧之處
勢所難免
因為風的緣故

此信你能否看懂並不重要
重要的是
你務必在雛菊尚未全部凋零之前
趕快發怒，或者發笑
趕快從箱子裡找出我那件薄衫子
趕快對鏡梳你那又黑又柔的嫵媚
然後以整生的愛
點燃一盞燈
我是火
隨時可能熄滅
因為風的緣故

◇作者簡介

洛夫，本名莫洛夫，一九二八年生，二〇一八年卒，湖南衡陽人。淡江大學外文系畢業，一九五四年與張默、瘂弦共同創辦《創世紀》詩刊，擔任總編輯多年。退休後，定居於加拿大。

洛夫是台灣超現實主義的提倡者和實踐者，曾被詩壇譽為「詩魔」。他寫詩、譯詩、教詩、編詩數十年，著作甚豐，著有詩集、散文集、評論集等共五十二冊，早期的名作如《石室之死亡》、《魔歌》、《時間之傷》等都廣受詩壇重視。他的詩，早年多以戰爭、死亡為主題，詩質稠密；後期入日常生活所感所思，風格漸趨清晰。整體上來說，洛夫的詩能從現實現象之中發掘理趣，又富奇特多轉折的意象變換，表現手法多變，於晦澀朦朧之處，自有可供回味之趣。

獲有「國家文藝獎」等多種獎項。

◆作品賞析

一九七四年，洛夫出版詩集《魔歌》，因此而有「詩魔」的雅稱。在此之前，他的詩以超現實主義技法揮灑，在此之後則逐漸朝向雜揉現實社會與超脫禪境的寫實風格發展。這裡選入三首都具有禪意的詩作。〈煙之外〉係洛夫早期作品，這首詩保有早期洛夫的清純詩風，但已經隱然表現「意在言外」的禪理。洛夫通過潮的來去，將大海的蒼茫、落日的西沉等外在自然景觀，融入內在心境，表現青春的憂愁和生命的無奈，而結於「還能抓住甚麼呢？／你那曾被稱為雪的眸子／現有人叫它／煙」，力道千鈞，表現了生命和自然同一的無常感。

寫於詩風轉變之後的〈有鳥飛過〉和〈因為風的緣故〉，則更見灑脫與跳離。〈有鳥飛過〉和洛夫同期作品〈金龍禪寺〉、〈隨雨聲入山而不見雨〉一樣都特具禪趣，因此可稱為「現代禪詩」，此詩中「香煙攤老李的二胡／把我們家的巷子／拉成一綹長長的濕髮」，將意象「巷子」和「濕髮」加以連結，營造了二胡吹奏的蒼茫感和無奈感，同時又把「無非是春去秋來」的時間無常感聯繫上來，讓人有歲月悠悠的慨嘆，結句「睡眼中／有／鳥／飛／過」切成五行，含蘊一切空無的旨趣。〈因為風的緣故〉表面上寫炙烈的情愛，詩中敘述者「以整生的愛／點燃一盞燈」，何其壯烈火熱，實則因為「我是火」所以「隨時可能熄滅／因為風的緣故」則暗喻人間一切情一切色的空幻。

洛夫在〈走向王維〉詩中有句「我走向你／進入你最後一節為我預留的空白」，足為他棲心於莊子、王維等妙悟禪思的寫照。

◆延伸閱讀

1. 簡政珍，〈洛夫作品的意象世界〉，《七十六年文學批評選》，爾雅出版社，一九八八年，頁一五一—一七二。
2. 葉維廉，〈洛夫論（上）（下）〉，《中外文學》一七卷八期，一九八九年一月～二月。
3. 蕭蕭，《詩魔的蛻變——洛夫詩作評論集》，詩之華出版社，一九九一年。
4. 龍彼得，〈大風起於深澤——論洛夫的詩歌藝術〉，《台灣文學觀察雜誌》，一九九一年十一月，頁一二〇—一三九。
5. 劉強，〈大入大出，大即大離——論洛夫詩的「當代性」〉，《創世紀》一〇二期，一九九五年三月十五日，頁一〇八—一二〇。

雙人床

余光中

讓戰爭在雙人床外進行
躺在你長長的斜坡上
聽流彈，像一把呼嘯的螢火
在你的，我的頭頂竄過
竄過我的鬍鬚和你的頭髮
讓政變和革命在四周吶喊
至少愛情在我們的一邊
至少破曉前我們很安全
當一切都不再可靠
靠在你彈性的斜坡上
今夜，即使會山崩或地震
最多跌進你低低的盆地

讓旗和銅號在高原上舉起
至少有六尺的韻律是我們
至少日出前你完全是我的
仍滑膩，仍柔軟，仍可以燙熟
一種純粹而精細的瘋狂
讓夜和死亡在黑的邊境
發動永恆第一千次圍城
惟我們循螺紋急降，天國在下
捲入你四肢美麗的漩渦

甘地紡紗

季候風過後的下午
在深不可及的內陸
一架古老的紡紗機

伊呀伊呀地唱著
一首單調的童謠
在鐵軌不到的內陸
在一條土路的盡頭
在泥敷的竹屋子裡
伊呀伊呀地搖著
一種溫柔的節奏
那推動機柄的瘦手
一圈又一圈不罷休
一綹又一綹的輕絮
像倦了的孩子，紛紛
偎滿在他的懷裡
在炎熱無風的傍晚
那伊呀伊呀的調子
用催眠一樣的拍子
在搖著一支戰歌
盤腿而坐的那老頭

瘦而有力的那隻手
正搖動他的笨武器
去抵抗曼徹斯特
所有的馬達和汽笛
而這最天真的戰歌
手肘和紡車的私語
近處的蚊子和壁虎
遠處的蠍子和響尾蛇
幾乎是整個內陸
都出神地靜聽

後記：看電影《甘地》，深受感動，又去翻閱了幾種甘地的傳記。(已經出版的甘地傳，在四百種以上。)印度學者梅達所著《甘地與使徒》(*Mahatma Gandhi and His Apostles*)第一章敘述聖雄晚年，在印度內陸的塞瓦格蘭修隱所(Sevagram Ashram)，每次紡紗，可得四百二十碼。該地悶熱，氣溫高達華氏一百二十度，但季候風一來，便成澤國。因為甘地嚴禁殺生，所以一任蟲蛇自由來去，村民不敢加害。民國七十二年五月二十六日於沙田。

雨聲說些什麼

一夜的雨聲說些什麼呢？
樓上的燈問窗外的樹
窗外的樹問巷口的車
一夜的雨聲說些什麼呢？
巷口的車問遠方的路
遠方的路問上游的橋
上游的橋問小時的傘
一夜的雨聲說些什麼呢？
小時的傘問濕了的鞋
濕了的鞋問亂叫的蛙
亂叫的蛙問四週的霧

說些什麼呢，一夜的雨聲？
四週的霧問樓上的燈
樓上的燈問燈下的人
燈下的人抬起頭來說
　怎麼還沒有停啊：
從傳說落到了現在
從霏霏落到了湃湃
從簷漏落到了江海
問你啊，蠢蠢的青苔
一夜的雨聲說些什麼呢？

◇作者簡介

余光中，一九二八年生於南京，二〇一七年卒，福建永春人。美國愛荷華大學藝術碩士，曾任台灣師範大學英語系教授、政治大學西語系主任、香港中文大學中文系教授、高雄中山大學文學院院長、中山大學外文系教授。

余光中於一九四八年進入廈門大學外文系時開始發表新詩，一九四九年轉入台大外文系之後馳騁詩壇與文壇，先後主編《藍星》、《文星》、《現代文學》等重要刊物，並總《中華現代文學大系》之大成，有「詩壇祭酒」之譽。他的詩，風格多變，題材廣闊，且能於語言的翻新、節奏的調製之上，創新精進，自成豐饒繁複之姿。他的著述繁多，遍及現代詩、散文、評論與翻譯，且多卓然有成，主要著作有詩集《蓮的聯想》、《敲打樂》、《在冷戰的年代》、《夢與地理》、《余光中詩選I》、《余光中詩選II》、《白玉苦瓜》、《高樓對海》、《五行無阻》等多種。

獲有「國家文藝獎」等多種獎項。

◆作品賞析

余光中自稱擁有寫作的「四度空間」，他從事的創作領域寬廣，而在詩創作上尤其綿亙、廣博，且多變化，這裡選錄他的三首詩作，有早期受現代主義影響創作的名詩〈雙人床〉，有八〇年代關照現實主義風格而成詩的〈甘地紡紗〉，以及余光中最擅長表現其節奏、音律調製的〈雨聲說些什麼〉。

〈雙人床〉這首詩歷來評論者多。在七〇年代寫實主義蜂湧時曾被視為「色情」詩，比對九〇年代新世代詩人的情欲作品，已經「遜色」，但是就詩藝和表達主旨來看，此詩允為余光中經典作之一。此詩表面上寫在戰爭年代只有「純粹而精細的瘋狂」性愛才是最實際的，實則通過高度的反諷、誇飾和對比技法，譴責戰爭的毫無意義，詩末強調，「讓夜和死亡在黑的邊境／發動永恆第一千次圍城／惟我們循螺紋急降，天國在下／捲入你四肢美麗的漩渦」，對照了戰爭的「黑」與性愛的「美」，符號意涵及其背後反戰的批判意識相當明晰。在全球七〇年代的反戰聲中，有其時代的意義和藝術成就。

〈甘地紡紗〉，是余光中發表於一九八三年的重要作品，一如作者自註，此詩乃因對甘地精神之感動而觸發，整首詩以溫柔的語調，敘述甘地晚年紡紗的心境，側寫甘地的仁厚，及其和平主義的信仰，詩人藉由甘地「瘦而有力的那隻手／正搖動他的笨武器」「去抵抗曼徹斯特／所有的馬達和汽笛」的對比，隱喻甘地向殖民帝國要求獨立的意志和精神。這是溫柔敦厚之詩，也是頑抗強權之詩，動人之極。〈雨聲說些什麼〉則延續余光中擅長的音律調製，模擬雨聲之至，全詩以「雨聲說些什麼呢」迴環反覆，表現極佳的音樂情境和呢喃效果，且富少見的童話風味，是一首可讀可誦可唱的好詩。

◇延伸閱讀

1. 黃維樑編，《火浴的鳳凰——余光中作品評論集》，純文學出版社，一九七九年。
2. 劉裘蒂，〈余光中詩風的演變〉，《文訊》二五期，一九八六年，頁一二八－一五〇。
3. 黃維樑編，《璀璨的五彩筆——余光中作品評論集（一九七九～一九九三）》，九歌出版社，一九九四年。
4. 蕭蕭，〈儒家美學特質與余光中詩作的體現〉，《藍星詩刊》一一期，二〇〇一年九月。
5. 陳幸蕙，《悅讀余光中：詩卷》，爾雅出版社，二〇〇二年。

小提琴的四根弦

羅門

童時，你的眼睛似蔚藍的天空，
長大後，你的眼睛如一座花園，
到了中年，你的眼睛似海洋多風浪，
晚年來時，你的眼睛成了憂愁的家，
沉寂如深夜落幕後的劇場。

鞋

樓梯口的那雙鞋
竟是天窗裡的一朵雲

山遙水遠　雲非樹
水遠山遙　雲非雲
雲只是那條
永
不
能
定
名
的
路
鞋也是
遠方也是
天空裡的那片落葉也是

◆作者簡介

羅門，本名韓仁存，一九二八年生，二〇一七年卒，海南文昌人。空軍飛行官校肄業、美國民航中心畢業，曾任民航局高級技術員、民航業務發展研究員，現專事寫作。

羅門從事詩創作逾五十年，曾任「藍星詩社」社長、世界華文詩人協會會長，他擅長詩、詩論、藝評，對於都市文明、戰爭、死亡、永恆、內心「第三自然」等題材，尤多表現，是台灣最早注視到都市文明現象的詩人之一。著有詩集《曙光》、《第九日的底流》、《曠野》、《全人類都在流浪》等十七種、論文集七種、《羅門創作大系》書十種。

曾以詩〈麥堅利堡〉獲菲律賓總統金牌，其他則有「中山文藝獎」等多種獎項。

◆作品賞析

羅門，是台灣具有前衛精神與動力的詩人之一，他的詩路多變，但一貫維持實驗性和前衛性則一，六〇年代他是現代主義的實踐者，八〇年代之後則醉心於後現代詩觀的闡發。詩評家陳鵬翔說，羅門的詩具有三個重心：心靈、現代悲劇精神與第三自然，若再加上後現代詩觀，即較能總括羅門的詩世界。

這裡選的兩首詩，一是羅門一九五四年的創作〈小提琴的四根弦〉，一為七〇年代初期的創作〈鞋〉，兩首都非羅門八〇年代後的作品，但其中浮現羅門對於現代人心靈的探索，也可看出他所以醉心於都市詩和後現代試驗的軌跡。〈小提琴的四根弦〉基本上是一首具有自述心靈況味的詩，此時的羅門尚在青壯之年，這首詩清純可讀，用眼睛來描述人的生命的不同情境變化，從「蔚藍的天空」、而「花園」、而多風浪的「海洋」，到「憂愁的家」，最後「沉寂如深夜落幕後的劇場」，把人生四階段的變化和心境描寫得淋漓盡致，紹啟了此後羅門系列關於現代人心靈探索的詩路。

〈鞋〉也是，羅門在此詩中以「樓梯口的那雙鞋／竟是天窗裡的一朵雲」啟筆，通過象徵的轉喻，「雲」又成了那條「永／不／能／定／名／的／路」，不能定名，因而也無定向、定位，後三行「鞋也是／遠方也是／天空裡的那片落葉也是」則迴覆返繞，將「鞋」、「遠方」、「天空」和「落葉」的喻依總綰於一，眼前所見，莫非漂泊無定，深刻寫出現代人靈魂的孤寂感與失落感。這種悲劇情懷，是羅門詩中常見的主題，也是羅門詩與心靈琴弦的多重對話方式之一。

◆延伸閱讀

1. 張漢良等著，《門羅天下》，文史哲出版社，一九九一年。
2. 林燿德，《羅門論》，師大書苑，一九九一年。
3. 周偉民、唐玲玲主編，《羅門蓉子文學世界學術研討會論文集》，文史哲出版社，一九九四年。
4. 沈奇，〈與天同游——羅門詩歌精神論〉，《台灣詩人散論》，爾雅出版社，一九九六年，頁二七〇—二八三。
5. 陳大為，《羅門都市詩研究》（東吳大學中國文學研究所碩士論文），一九九七年。

風波

向明

寫下幾行痛責屠虎的詩
後院的雞鴨們
豎冠鼓噪而至

是抗議不公平的對待咧
激情從脹紅的臉上
血般的寫出
還好
只需一小撮粃糠
便把那一干鳥嘴
全然
堵住

捉迷藏

我要讓你看不見
連影子也不許露出尾巴
連呼吸也要小心被剪

我要讓你看不見
把所有的名字都塗成漆黑
讓詩句都悶成青煙

我要讓你看不見
絕不再伸頭探問天色
縮手拒向花月賒欠

我要讓你看不見
用蟬噪支開你的窺視
以禪七混淆所有的容顏

我要讓你看不見
像是鳥被卸下翅膀
有如麥子俯首秋天

終究，這世界還是太小
一轉身就被你看見了
你將我俘虜
用盡所有傳媒的眼線

◇作者簡介

向明，本名董平，一九二九年生，湖南長沙人。空軍通信電子學校畢業，美國空軍電子研究中心結業，曾任電子工程師，《藍星詩刊》主編，《中華日報》副刊編輯，《台灣詩學季刊》社長，現為自由作家。

向明有「詩壇儒者」之稱，他的詩立基於生活之上，觸探現實，指向生命存在的意義，因此每每能夠從生活瑣事切入，轉折表現，針砭現實問題；他的詩語言，也擅長在平淡素樸之中，藉由意象的精準取喻，提供讀者想像空間，進而對於社會現實和人生有所省思。著有詩集《雨天書》、《狼煙》、《水的回想》、《向明・世紀詩選》及詩話《新詩一百問》等多種。

曾獲「國家文藝獎」、世界藝術與文化學院授予榮譽文學博士等多種榮銜。

◆作品賞析

向明的詩都取自生活，映照生活，並進而探照生命。他是一位能由現實切入，卻又不為現實所囿的詩人。這裡選的兩首詩都從生活所見切入，透過平白簡練的語言，在諧趣與諷喻之中，直中詩旨。

〈風波〉這首詩，以屠虎與雞鴨聞聲抗議做對比，屠虎既然不可忍，殺雞殺鴨何嘗可忍？所以雞鴨豎冠，似在抗議人類不公待遇，詩人在此意圖凸顯萬物生命可貴；然而接下來筆鋒一轉，又逆勢而下，以「只需一小撮粃糠／便把那一干鳥嘴／全然／堵住」作結，反諷雞鴨甘拜五斗米的怯懦不堪，與虎之威武自難比擬。這是典型的諷喻詩作，有寓言的趣味，也有諷喻世人的意旨，題目名為「風波」則指世間大小風波之所由起，無非「鳥嘴」「粃糠」之事。

〈捉迷藏〉則又是向明擅長的另一種對比表現，這首詩中的「我要讓你看不見」，連續於各節之首出現，表現捉迷藏的本質，是在「躲避」或「逃避」，向明由此引申，影子、呼吸、名字、詩句、天色、花月、蟬噪、禪七、鳥卸下翅膀、麥子俯首秋天，都暗喻著不被「識破」的「迷藏」，這項意象語的使用，意在增加「捉迷藏」與「躲迷藏」之間的遊戲趣味，其中的意涵具有多義空間。結語「終究，這世界還是太小／一轉身就被你看見了／你將我俘虜／用盡所有傳媒的眼線」則一語道破「我」的無所遁逃於「傳媒眼線」。傳媒可以是具體的傳播媒體，可以是天地之間所有有形無形的傳播媒介，當然也包括前述各節的影子、呼吸、名字、詩句等等。人之無所遁逃於天地之間的慨嘆，向明以此出之，耐人尋味。

◇延伸閱讀

1. 蕭蕭，〈青銅的尊嚴：論向明〉，《現代詩廊廡》，彰化縣立文化中心，一九九三年，頁三二一—四一。
2. 洛大，〈試論向明的詩〉，《創世紀》六〇期，一九八三年一月，頁三六—三九。
3. 蕭蕭，〈向明的詩與生活美學〉，《台灣詩學季刊》一一期，一九九五年六月。
4. 游喚，〈試用語言詩派解讀向明的詩〉，《台灣詩學季刊》一一期，一九九五年六月，頁一六〇—一六七。
5. 陶保璽，〈論向明的詩〉，《藍星詩刊》，二〇〇〇年六月。

空原上之小樹呀

管管

之一

每當吾看見那種遠遠的天邊的空原上
在風中
在日落中
站著
幾株
瘦瘦的
小樹
吾就恨不得馬上跑到那幾株小樹站的地方
望

雖然
在那幾株小樹站的地方吾又會看見遠遠的天邊上的空原上
在風中
在日落中
站著
幾株
瘦瘦的
小樹

雖然
吾恨不得馬上跑上去
雖然

雖然
那另一個遠遠的天邊的空原上
也許是
一座

塔

雖然
那人
越跑
越小

像一隻星

之二

每當我看見那種遠遠的天邊的空原上
在風中
在日落中
站著
幾株
瘦瘦的
小樹

吾就恨不得馬上跑上去
與小樹們
站在
一起
像一匹馬
或者
與小樹們
站在一起
哭泣

荷

「那裡曾經是一湖一湖的泥土」

「你是指這一地一地的荷花」
「現在又是一間一間的沼澤了」
「你是指這一池一池的樓房」
「是一池一池的樓房嗎」
「非也，卻是一屋一屋的荷花了」

◆作者簡介

管管，本名管運龍，一九二九年生，山東青島人。青島市私立紅萬字會慈濟商職肄業，後隨政府來台，曾任左營軍中電台記者、花蓮軍中電台節目主任，現為專業作家。

管管從年輕時期開始寫詩、寫散文，迄今已逾五十年，他能詩、能文、能畫，也能演戲，是藝術上的全才。他的詩，不受流俗思考模式約束，往往能在平凡之處開創獨特詩趣，加上他擅長將古今情境交互雜揉，跨越時空，大膽潑辣，出入自得，因此顯現出不受束縛的天真之趣和令讀者驚奇的閱讀效果，形成管管式的後現代風格。著有詩集《荒蕪之臉》、《管管詩選》、《管管・世紀詩選》；散文集《請坐月亮請坐》、《春天坐著花轎來》、《管管散文集》、《早安・鳥聲》；此外畫展聯展多次，電影演出有《超級市民》、《六朝怪談》等二十多部。

曾獲第二屆「中國現代詩獎」，也曾受邀赴美國愛荷華大學國際寫作計畫擔任訪問作家。

◆作品賞析

讀管管的詩，不能斤斤計較於文法、語法或是一切語言遊戲規則，管管的詩「不規不矩」，而且每每「破格」而出，這與他的人一樣，粗獷中帶有奇絕，豪放中又有著飛逸，因此不被世俗常態所羈限，不為常規常矩所束縛。

〈空原上之小樹呀〉是管管詩作中的經典。這首詩共四十六行，分成兩節，相互詮解、對照，表現出「空原上之小樹」空茫中的孤獨感，他的用語簡單、素潔，卻又意有所指，成為一座「塔」，或成為一匹「馬」，是這首詩中與「小樹」對照的主要意象，與小樹一起靜止如塔，或者向著小樹飛奔如馬，是管管在此詩中提供的設問。如果「小樹」意味著生命的孤獨或脆弱，則面對生命可以選擇塔一樣的高聳、肅穆，也可以選擇馬的奔騰、壯烈，兩者都帶有悲劇的本質，動與靜都讓人泫然欲泣。這首詩寫出的，是現代主義對人的存在本質的討論，意象單純，想像空間則繁複多向；語言簡潔，感染力量則如千軍萬馬，襲人五內。

〈荷〉這首短詩，則是管管的另一種絕活。這首詩採問答方式，如禪宗之公案，且答非所問，因此「泥土」轉瞬是「荷花」，「荷花」忽焉為「沼澤」，「沼澤」一夕是「樓房」，「樓房」又復為「荷花」。此詩頗有《碧巖錄》所說：「玉將火試，金將石試，劍將毛試，水將杖試。」的公案旨趣，也有「一言一句，一機一境，一出一入，一挨一拶，要見淺深，要見向背。」的問答機鋒。其次，用「一湖一湖」說泥土、「一間一間」量沼澤、「一池一池」話樓房等反語言邏輯的運用，則有破除既定語言規則，創造新的符號關係的功能。在詩，這是一種新美學的創造，在禪，這是破名相、破五色的方法，滄海桑田，都只是名相，所以《金剛經》說：「一切有為法，如夢幻泡影，如露亦如電，應作如是觀。」此詩看似語言文字遊戲，實則寓有破除執著，把一切名相看如夢幻泡影的智慧在。

◆延伸閱讀

1. 張漢良，〈試論管管的風格與技巧〉，《創世紀》三四期，一九七三年九月，頁六七—七二。
2. 蕭蕭，〈人與自然的衝突與和諧——荷〉，《燈下燈》，東大出版社，一九八〇年，頁二〇九—二一二。
3. 蕭蕭，〈物我合一的無盡關懷——空原上之小樹呀〉，《燈下燈》，東大出版社，一九八〇年，頁二一五—二二一。
4. 周寧，〈或許這才是管管應走的方向〉，《中國現代文學大系‧評論卷》，巨人出版社，一九八九年，頁九〇八—九二三。
5. 劉登翰，〈管管論〉，《創世紀》八三期，一九九一年四月，頁一〇八—一一〇。

長頸鹿

商 禽

那個年輕的獄卒發覺囚犯們每次體格檢查時身長的逐月增加都是在脖子之后，他報告典獄長說：「長官，窗子太高了！」而他得到的回答卻是：「不，他們瞻望歲月。」

仁慈的青年獄卒，不識歲月的容顏，不知歲月的籍貫，不明歲月的行蹤；乃夜夜往動物園中，到長頸鹿欄下，去梭巡，去守候。

用腳思想

找不到腳　在地上
在天上　找不到頭

我們用頭行走　我們用腳思想
　虹　垃圾
是虛無的橋　是紛亂的命題
　雲　陷阱
是飄緲的路　是預設的結論
　在天上　找不到頭
找不到腳　在地上
我們用頭行走　我們用腳思想。

◇作者簡介

商禽，本名羅燕，一九三〇年生，二〇一〇年卒，四川珙縣人。曾應美國愛荷華大學「作家工作室」之邀，赴美遊學兩年。他在十五歲時遭國民黨軍隊拉伕入伍，來台後，於三十八歲以上士退伍，曾擔任碼頭工人、園丁、麵販，其後歷任《文藝月刊》、《青年戰士報》副刊主編、《時報周刊》主編，後以《時報周刊》副總編退休。

商禽為「現代派」健將，加入「創世紀詩社」之後又是重要的超現實主義詩人，他的詩善於轉化超現實主義技巧，又能面對無可奈何的人生現實，刺探人性最幽微的面向，在形式上則開散文詩形式實驗之風，成為大家。著有詩集《夢或者黎明》、《夢或者黎明及其他》、《用腳思想》、《商禽・世紀詩選》等。

◆作品賞析

商禽以散文詩創作在現代詩壇樹立他清楚而獨特的面容，他的散文詩形式上是散文，表現技巧則使用超現實寫作手法，於意象的轉喻過程中，表現現實的荒謬情境，或者反諷現代社會的荒謬性。〈長頸鹿〉是商禽名作中最常被討論的經典。這首詩情節簡單，年輕的獄卒發覺囚犯的脖子不斷增長，他認為是監獄的窗子太高，典獄長回答他，原因出在囚犯瞻望歲月。青年獄卒於是夜夜往動物園，守候長頸鹿欄下。在這段看來荒誕不經的敘述中，詩人虛構一個囚犯的「身長的逐月增加都是在脖子之后」，然後以被關在動物園中的長頸鹿作為喻依，失去自由的囚犯與動物園中的長頸鹿於是有了想像的關聯，詩的趣味性、嘲諷性在此產生戲劇效果，長頸鹿與囚犯的命運被巧妙連結，「瞻望歲月」於是成為兩者（乃至第三者的年輕的獄卒）共同的、無奈的命運和心境，生命的荒謬，不在身分、階級或物種的差異，而在「等待果陀」的歲月折磨，因而失去自由。這是本詩高超之處。

〈用腳思想〉不以散文詩的形式鋪排，但詩人所欲傳達的人的處境的荒謬是一樣的。這首詩以地上與天上、腳與頭、虹與垃圾、雲與陷阱等意象語相互對照，反諷人生在世的荒謬，所以不用頭而用腳思想。這首詩的形式排列也有玄機，左右對稱的詩行，可以由上而下閱讀，左列讀完，讀右列；也可由上排依序往下閱讀，因此富有錯置、參照的閱讀趣味。

◆延伸閱讀

1. 李英豪，〈變調的鳥：論商禽的詩〉，《批評的視覺》，文星出版社，一九六六年，頁一八九—一九七。
2. 向明，〈巧思、真趣：評商禽《用腳思想》〉，《聯合文學》五卷四期，一九八九年二月，頁一九一—一九二。
3. 劉登翰，〈商禽論〉，《創世紀》八四期，一九九一年七月，頁七三—七五。
4. 商瑜容，《商禽詩藝的實踐之道》（中山大學中國文學研究所碩士論文），二〇〇三年。
5. 蕭蕭，〈超現實主義的穿透性美學——商禽論〉，《臺灣前行代詩家論》，萬卷樓出版社，二〇〇三年，頁二九一—三三二。

無調之歌

張默

月在樹梢漏下點點煙火
點點煙火漏下細草的兩岸
細草的兩岸漏下浮雕的雲層
浮雕的雲層漏下未被甦醒的大地
未被甦醒的大地漏下一幅未完成的潑墨
一幅未完成的潑墨漏下
　　　　　　　　　急速地漏下
空虛而沒有腳的地平線
我是千萬遍千萬遍唱不盡的陽關

鞦韆十行

在感覺的風中
大地不斷地傾斜
汝以柔弱的手臂，輕輕把世界揪住
青天在耳膜中，晃盪
河流在腳底下，喘息

愈是緩慢，彷彿重量離咱們愈近
愈是神速，依稀光陰總站在前頭
一會兒山，一會兒水
其實並沒有兩樣
不管被抛得多遠，終點也就是起點

◆作者簡介

張默，本名張德中，一九三一年生，安徽無為人。南京成美中學畢業，陸軍官校二十四期畢業，革命實踐研究院講習班結業。「創世紀詩社」創辦人，曾任《水星》、《中華文藝》月刊、華欣文化中心主編。

張默寫詩至今已近六十年，他的詩風講究自然的語言節奏，白描與象徵手法交融，知性與感性並蓄，揮灑自如。他對詩壇的另一貢獻是默默做事，推動現代詩史料蒐集、研究，並以專業編輯人身分主編各種詩選，使現代詩深入大眾讀者。著有詩集《紫的邊陲》、《上昇的風景》、《無調之歌》、《張默自選集》、《陋室賦》、《愛詩》、《光陰・梯子》、《落葉滿階》、《遠近高低》、《張默・世紀詩選》等多種。

◆作品賞析

張默早期的詩，介於現實與超現實之間，表現出可解與不可解的弔詭和趣味。

〈無調之歌〉是他的名詩。這首詩在修辭技巧上採取連綿覆蹈的句式，由「月在樹梢漏下點點煙火」起，交雜運用排比、層遞、頂真與對偶等技巧，形成「歌」的綿密韻律，最後結於「一幅未完成的潑墨漏下/急速地漏下/空虛而沒有腳的地平線」，構成一個意象與意象相互詮釋、互為文本的境界，詩到此為止已經圓滿功成，最後一句「我是千萬遍千萬遍唱不盡的陽關」忽又翻轉既有詩境，帶來令讀者驚詫的戲劇效果，因而彰顯了題目「無調」的意涵，更使此詩所欲傳達的人生的無奈、世事的滄桑，於圖窮之處如匕之現，因而更耐人尋味。

〈鞦韆十行〉這首詩，以「在感覺的風中」開筆，配合鞦韆的上下、前後擺盪，「青天在耳膜中，晃盪／河流在腳底下，喘息」，整齊的格律和節奏，也帶來與鞦韆起落一樣的韻律。但更重要的是，這首詩探究的主旨乃是來與去之間、起點與終點之間的迴環複沓，「一會兒山，一會兒水」，有時星光有時月，都在時間與歲月的擺盪之中。此詩有超越生死的達觀，對生命意義的詮解，已臻化境。

◆延伸閱讀

1. 陳啟佑，〈〈無調之歌〉中音韻和鏡頭的探討〉，《創世紀》四九期，一九七八年十二月，頁五二－六二。
2. 洛夫，〈無調的歌者：張默其人其詩〉，《幼獅文藝》三〇四期，一九七九年四月，頁一二九－一三九。
3. 瘂弦，〈為永恆服役——張默的詩與人〉，《愛詩》，爾雅出版社，一九八八年，頁一－一五。
4. 蕭蕭編，《詩痴的刻痕——張默詩作評論集》，文史哲出版社，一九九四年。
5. 沈奇，〈生命．時間．詩——論張默兼評其組詩〈時間，我繾綣你〉〉，《台灣詩人散論》，爾雅出版社，一九九六年，頁二二一－四七。

鹽

瘂弦

二嬤嬤壓根兒也沒見過退斯妥也夫斯基。春天她只叫著一句話：鹽呀，鹽呀，給我一把鹽呀！天使們就在榆樹上歌唱。那年豌豆差不多完全沒有開花。

鹽務大臣的駱隊在七百里以外的海湄走著。二嬤嬤的盲瞳裡一束藻草也沒有過。她只叫著一句話：鹽呀，鹽呀，給我一把鹽呀！天使們嬉笑著把雪搖給她。

一九一一年黨人們到了武昌。而二嬤嬤卻從吊在榆樹上的裹腳帶上，走進了野狗的呼吸中，禿鷲的翅膀裡；且很多聲音傷逝在風中，鹽呀，鹽呀，給我一把鹽呀！那年豌豆差不多完全開了白花。退斯妥也夫斯基壓根兒也沒見過二嬤嬤。

一般之歌

鐵蒺藜那廂是國民小學，再遠一些是鋸木廠
隔壁是蘇阿姨的園子；種著萵苣，玉蜀黍
三棵楓樹左邊還有一些別的
再下去是郵政局、網球場，而一直向西則是車站
至於雲現在是飄在曬著的衣物之上
至於悲哀或正躲在靠近鐵道的甚麼地方
總是這個樣子的
五月已至
而安安靜靜接受這些不許吵鬧
五時三刻一列貨車駛過
河在橋墩下打了個美麗的結又去遠了

當草與草從此地出發去占領遠處的那座墳場
死人們從不東張西望
而主要的是
那邊露台上
一個男孩在吃著桃子
五月已至
不管永恆在誰家樑上做巢
安安靜靜接受這些不許吵鬧

◇作者簡介

瘂弦，本名王慶麟，一九三二年生，河南南陽人。美國威斯康辛大學東亞研究所碩士。曾任幼獅文化公司總編輯、《聯合報》副刊主編、《聯合文學》總編輯。現已退休，專事寫作。

瘂弦擅長詩及文學評論，他的詩，關注基層社會悲苦小人物，能於現實之中取材，又能在語言上脫陳出新，加以轉化，此外對於歷史、文化以及懷鄉題材，也多有著墨。他的詩，在語言表現出融合西方語法和中國語言優點的特殊情調，節奏則流利而具有音樂美感，因此可讀可誦，展現迷人韻味。他也是戰後台灣重要編輯人之一，獎掖詩壇、文壇後進無數。著有《瘂弦詩集》、《中國新詩研究》、《瘂弦自選集》等。

◇作品賞析

論者謂瘂弦的詩帶有甜味，他的語言和旋律都具有流暢、甘美的感覺；他的詩作，融合了中國古典詩的神髓，卻出以帶有西方現代主義詩作的形式，而又雜揉北方官話、土腔的神韻，形成獨特的味道，因此頗受讀者歡迎。

其實，瘂弦的詩也還帶有鹹味，當他描寫悲苦小人物的悲哀、貧困題材時，即使語言流暢，也讓讀者深刻感覺到詩中的悲憫。〈鹽〉這首詩就是典型之作。在這首詩中，瘂弦以「二嬤嬤」為主角，形象化並生動地寫出清末民初中國農民的辛酸和統治階層的腐敗。詩人將二嬤嬤與退斯妥也夫斯基（俄國文豪，著有《窮人》、《罪與罰》等小說）相對稱，目的在突出「窮人」之罪與「窮人」之罰；其次則以需要一把鹽的二嬤嬤，得到的卻是「天使們嬉笑著把雪搖給她」的懲罰來深刻化其悲苦處境；最後點出，革命成功，二嬤嬤卻上吊自殺，「走進了野狗的呼吸中，禿鷲的翅膀裡」，而結於「那年豌豆差不多完全開了白花」的反諷中。此詩將戰亂和政體變動年代窮人的悲苦無奈，表現得入木三分，令人震撼。

〈一般之歌〉則如隨筆一般，素描台灣六〇年代的小鎮風情，瘂弦以略帶慵懶的筆調，鏡頭式的掃描，描繪一個小鎮的主要建築（國民小學、鋸木廠、蘇阿姨的園子、郵政局、網球場、車站），呈現小鎮的靜謐、沉悶和停困，其中的主要情境則是死亡，詩中兩次複述「安安靜靜接受這些不許吵鬧」，配合「草與草從此地出發去占領遠處的那座墳場」、「不管永恆在誰家樑上做巢」，更強化了小鎮的死寂和無望。

◆延伸閱讀

1. 辛鬱，〈瘂弦的〈一般之歌〉〉，《藍星詩刊》一五期，一九八八年四月，頁六二—六三。
2. 劉登翰，〈瘂弦論〉，《創世紀》八五、八六期，一九九一年十月，頁七八—八四。
3. 葉維廉，〈在記憶離散的文化空間裡歌唱——論瘂弦記憶塑像的藝術〉，《中外文學》二三卷三期，一九九四年八月，頁七四—一〇四。
4. 蕭蕭編，《詩儒的創造——瘂弦詩作評論集》，文史哲出版社，一九九四年九月。
5. 沈奇，〈對存在的開放和對語言的再造——瘂弦詩歌藝術論〉，《台灣詩人散論》，爾雅出版社，一九九六年，頁八四—一二二。

天窗

鄭愁予

每夜，星子們都來我的屋瓦上汲水
我在井底仰臥著，好深的井啊。

自從有了天窗
就像親手揭開覆身的冰雪
——我是北地忍不住的春天

星子們都美麗，分占了循環著的七個夜，
而那南方的藍色的小星呢？
源自春泉的水已在四壁間蕩著
那叮叮有聲的陶瓶還未垂下來。

啊，星子們都美麗
而在夢中也響著的，祇有一個名字
那名字，自在得如流水……

霸上印象——大霸尖山輯之三

不能再東　怕足尖蹴入初陽軟軟的腹
我們魚貫在一線天廊下
不能再西　西側是極樂

隕石打在粗布的肩上
水聲傳自星子的舊鄉
而峰巒　蕾一樣地禁錮著花
在我們的跣足下

不能再前　前方是天涯

巨松如燕草
環生滿池的白雲
縱可憑一釣而長住
我們　總難忘藍縷的來路

茫茫復茫茫　不期再回首
頃渡彼世界　已遐回首處

邊界酒店

秋天的疆土，分界在同一個夕陽下
接壤處，默立些黃菊花

而他打遠道來，清醒著喝酒
窗外是異國

多想跨出去，一步即成鄉愁
那美麗的鄉愁，伸手可觸及

或者，就飲醉了也好
（他是熱心的納稅人）

或者，將歌聲吐出
便不祇是立著像那雛菊
祇憑邊界立著

作者簡介

鄭愁予，本名鄭文韜，一九三三年生，山東濟南人。中興大學法商學院畢業，美國愛荷華大學藝術碩士，曾任中國青年寫作協會總幹事，後任教於美國愛荷華大學、耶魯大學、國立金門大學，現為東海大學終身榮譽講座教授。

鄭愁予早年曾參加紀弦創組的「現代派」，後又擔任《現代詩》復刊後的編委。他的詩語言純淨、意象華麗，具有動人心弦的節奏感，因此頗獲讀者喜愛；近期詩作則沉穩內斂，趨向素樸，凝鍊詩思。著有詩集《夢土上》、《窗外的女奴》、《鄭愁予詩集》、《刺繡的歌謠》、《寂寞的人坐著看花》等。

獲有「國家文藝獎」等多種獎項。

◆作品賞析

鄭愁予最為一般讀者樂道的詩，除了〈錯誤〉之外，大約就屬〈天窗〉了，這首詩使用「天窗」的原始意象切入，描寫作者睡前透過天窗，仰看天上繁星的心情，並賦予「天窗」美麗、浪漫的感覺和想像，把日常生活中常見的天窗寫得相當動人。「天窗」，在作者筆下，轉喻為「好深的井」的意象，因而更加圖像化，給人生動活潑的感覺，是這首詩在象徵處理上成功之處。其次，詩人以「我是北地忍不住的春天」這句充滿語言趣味的句子，把冰雪消融、寒意盡去的冬去春來，寫得活靈活現。「忍不住」，表現了季節輪替的自然現象無法抵擋，也表現了觀星者的「我」的雀躍、欣喜，語言技巧高超，給人新生希望即將展開的期待。最後一節，點出本詩的主旨，在夢中響著的「那名字」，可能是朋友、也可能是親人，或者戀人，作者縈懷於心，念念不已，「自在得如流水」的結語，把懷人的心境寫活了，念著那人的名字，彷彿流水的水聲，整夜不斷，寫出了用情之深刻。

〈霸上印象〉是鄭愁予早年攀登台灣高山時寫下的眾多登山名詩之一，彙入「大霸尖山輯」，這是登山界人士耳熟能詳的佳作，「不能再前　前方是天涯／巨松如燕草／環生滿池的白雲／縱可憑一釣而長住／我們　總難忘藍縷的來路」，寫出了登高而戒慎的心境。這首詩維持著早期鄭愁予詩風的細膩、華麗，但因來自實際的踏查，一步一腳印，因此傳達出雄山偉嶽的肅穆，結句以擬五絕方式呈現，有偈詩的雅趣和啟。〈邊界酒店〉則表現了浪子的鄉愁與蒼茫，這是鄭愁予風格的具體呈現，「多想跨出去，一步即成鄉愁／那美麗的鄉愁，伸手可觸及」，說的正是所有旅人的「邊界」心境，邊緣心態。

◇延伸閱讀

1. 何寄澎，〈鄭愁予作品賞析〉，《中國新詩賞析》第一冊，興安出版社，一九八一年，頁二四一－二七八。
2. 孟樊，〈浪子意識的變奏：讀鄭愁予詩〉，《文訊》二四期，一九八七年六月，頁一五〇－一六三。
3. 沈奇，〈美麗的錯位——鄭愁予論〉，《台灣詩人散論》，爾雅出版社，一九九六年，頁二四四－二六六。
4. 蕭蕭，〈情采鄭愁予〉，《國文天地》一三卷一期，一九九七年，頁五八－六五。
5. 廖祥荏，《鄭愁予詩研究》（東吳大學中國文學研究所碩士論文），一九九八年。

豹

辛鬱

一匹
豹 在曠野盡頭
蹲著
不知為什麼
許多花 香
許多樹 綠
蒼穹開放
涵容一切
這曾嘯過
　掠食過的

豹　不知什麼是香著的花
或什麼是綠著的樹

不知為什麼的
蹲著　一匹豹
　　蒼穹默默
　花樹寂寂

曠野
消　失

順興茶館所見

坐落在中華路一側
這茶館的三十個座位

一個挨一個
不知道寂寞何物

而他是知道的
準十點他來報到
坐在靠邊的硬木椅上
濃濃的龍井一杯
卻難解昨夜酒意
醬油瓜子落花生
外加長壽兩包
——他是知道的
　這就是他的一切

不　尚有那少年豪情
溢出在霜壓風欺的臉上

偶或橫眉為劍
一聲厲叱　招來些落塵
他是知道的　寂寞是
時過午夜
這茶館的三十個座位
一個挨一個……

◇作者簡介

辛鬱，本名宓世森，一九三三年生，二〇一五年卒，浙江慈谿人。一九四八年逃家從軍，一九五〇年來台，從軍二十二載。曾任《前衛》月刊編委，《人與社會》雜誌主編，《國中生》月刊社社長兼總編輯，《科學月刊》社務委員兼經理。

辛鬱早年加入「現代派」，後加入「創世紀詩社」。他的詩一如他的筆名，「辛苦而憂鬱」，總是在咀嚼人世現實的辛辣之中，表現出冷澈的沉思和悲哀，他的詩中有著現實情境，但又超乎現實情境之外，探觸到人的存在本質。著有詩集《軍曹手記》、《豹》、《在那張冷臉背後》、《辛鬱・世紀詩選》等多種。

曾獲「中山文藝獎」等多種獎項。

◆作品賞析

辛鬱自五〇年代中期開始寫詩，造其受現代主義影響，以挖掘內心經驗為主，但其後就開始由現實生活中尋找題材，他的作品具有冷鬱特質，這裡收錄的〈豹〉與〈順興茶館所見〉兩首，均被評論者視為充滿現實主義精神與人道主義精神的佳作。

〈豹〉是一首具有現代主義風格的詠物詩。此詩分五小節，第一節給出豹的圖像：「在曠野盡頭／蹲著／不知為什麼」，豹的兇猛和曠野的蒼茫，構成凝靜不動的畫面；第二節則透過「許多花　香／許多樹　綠／蒼穹開放／涵容一切」，將視鏡帶往花樹的香綠和天地的寬廣，以對照「這曾嘯過／掠食過的／豹」，「不知什麼是香著的花／或什麼是綠著的樹」，詩句到此已經隱喻「掠食」者的豹對於自然和天道的無知；詩末忽焉逆轉，以「不知為什麼的／蹲著　一匹豹」對照「蒼穹默默／花樹寂寂」，以及末段「曠野／消　失」，不僅暗示了豹的威猛，同時也因此顯現了豹的無天無地。這首詩，隱藏著強勁的批判力道，對於「豹」的霸氣描述，沉靜有力，卻也諷喻強者無天無地的孤獨。

〈順興茶館所見〉用乾淨的語言寫台北市中華路某茶館所見，「這茶館的三十個座位／一個挨一個／不知道寂寞何物」是反筆寫寂寞；接著「他是知道的」之後，硬木椅、龍井一杯、醬油瓜子落花生、長壽兩包等吃食物品，對照出了「這就是他的一切」的悽涼和孤獨；詩末「寂寞是／時過午夜／這茶館的三十個座位／一個挨一個……」則將人去椅空的蒼涼寫得淋漓盡致。這首詩，將人到老境，倍感生命孤寂、人生寥落的晚景，如實呈現，且帶有高度同情，十分感人。

◆延伸閱讀

1. 大荒，〈人臉的天鵝：試探辛鬱的詩〉，《創世紀》三一期，一九七二年十二月，頁一〇三—一〇六。
2. 簡政珍，〈自我的辯證：評辛鬱〈豹〉〉，《聯合文學》五卷二期，一九八八年，頁一九一—一九三。
3. 張漢良，〈順興茶館所見〉，張漢良、蕭蕭編，《現代詩導讀》第一冊，故鄉出版社，一九八九年，頁二〇九—二一二。
4. 沈奇，〈冷臉・詩心・豹影——辛鬱詩散論〉，《台灣詩人散論》，爾雅出版社，一九九六年，頁二二〇—二四一。
5. 陶保璽，〈在那張冷臉背後，且聽豹的嘯吟——兼論辛鬱詩歌中自我形象的塑造〉，《台灣詩學季刊》二七、二八期，一九九九年六～九月。

一支針補出一個無仝款的世界

林宗源

阿母手theh3一支針
看見小弟拆破的地圖
放落我的衫
我講：阿母趕緊ka7我補

阿母按中東縫一針
一針亞洲一針南美洲一針
一針北美洲一針歐洲一針
一針非洲一針西伯利亞一針
阿母講：恁小弟ka7一個舊的世界拆拆破
我先ka7伊補幾針
阿母讀無幾字m7-koh4真趣味

Theh8起鉸刀剪來剪去
Theh8起針線thiN7來thiN7去
thiN7出一張伊心內的地圖

我講：阿母　妳ka7美國thiN7-tiam3中國
ka7中國thiN7-tiam3美國的所在
ka7蘇聯thiN7-tiam3中東
ka7日本、德國補tiam3蘇聯
阿母　產油的中東也無補入去
阿母講：囝仔m7知世事
伊是阿母心內的地圖

阿母theh4起針及破衫
我趕緊接過來
補好我心內的破孔

◆作者簡介

林宗源，一九三五年生，台灣台南人。省立台南二中畢業，曾擔任「現代詩社」社長，一九九一年參與創立「蕃薯詩社」並任社長。

林宗源自一九五〇年代開始詩的創作，七〇年代中期之後大量發表台語詩作，並堅持使用母語表現他的詩想，被視為戰後台灣台語文學的開拓者。他的台語詩有著濃厚的台灣意識與抗議精神，主題多元，融合現實主義和浪漫精神。著有《補破網》、《林宗源台語詩選》等多種。獲有「吳濁流新詩獎」、「榮後台灣詩人獎」等獎項。

◆作品賞析

林宗源寫作台語詩多年，呂興昌認為，林宗源對母語的執著乃是一生的志業，他的詩之具有現代感、時代性，是由於詩想的冷靜，詮釋觀點的自成理路。

〈一支針補出一個無仝款的世界〉這首詩，使用乾淨清潔的台語，寫全球化下的全球課題，就是一首具有世界觀的好詩。這首詩採用漢字與羅馬字並用的表記方式，羅馬字部分表記有音無字的台語（如「阿母手theh3一支針」的「theh3」意思為「拿」），因此需要一些註解，不過整體上仍可清楚閱讀。

這首詩略謂，母親看到弟弟把地圖拆破，因此放下我的衣服，去補這塊地圖，沒想到「阿母按中東縫一針／一針亞洲一針南美洲一針／一針北美洲一針歐洲一針／一針非洲一針西伯利亞一針」的結果，是把

「美國thiN7-tiam3（縫在）中國／ka7（把）中國thiN7-tiam3美國的所在／ka7蘇聯thiN7-tiam3中東／ka7日本、德國補tiam3蘇聯」，導致世界地圖秩序大亂，縫出來反而是「伊心內的地圖」。透過這首詩如此趣味的處理方式，詩人意欲表達的，一方面是對當前世界局勢的看法，美國、中國、未瓦解前的蘇聯以及德國等等超級強權，主導世局，母親的縫補地圖，將此一秩序重整，是一種對強權的批判；但另一方面，這首詩也寫出了慈母手中線的意涵，隱喻母愛跨越了國際藩籬，和平與愛才是世界共通的語言。意義深沉，台語詩作不僅能表現鄉土感情，也能觀照世局，於此詩可證。

◇延伸閱讀

1. 李敏勇，〈現實的風土——林宗源的詩世界〉，《笠》，一九八一年十月，頁二一—三四。
2. 鄭良偉，〈向文字口語邁進的林宗源台語詩〉，《台灣文藝》一一二期，一九八八年七月，頁五五—六三。
3. 趙天儀，〈方言詩的開拓者——論林宗源的詩〉，《台灣現代詩鑑賞》，台中市立文化中心，一九九八年，頁二〇九—二二七。
4. 呂興昌，〈母語美學的捍衛戰士：論林宗源的台語詩〉，ttp://www.ncku.edu.tw/~taiwan/taioan/hak-chia/l/lu-heng-chhiong/bugi-bihak.htm。

流浪者

白萩

望著遠方的雲的一株絲杉
　　望著雲的一株絲杉
　　　　一株絲杉
　　　　　絲杉
　　　　　　在
　　　　　　地
　　　　　　平
　　　　　　線
　　　　　　上
　　　一株絲杉
　　　　　　在

地　平　線　上

他的影子，細小。他的影子，細小
他已忘卻了他的名字。忘卻了他的名字。祇
站著。祇站著。孤獨
地站著。站著。站著
站著
向東方。
孤單的一株絲杉。

天空

阿火讀著天空
一株稻草般的
在他的土地

「放田水啊」
天空寫著
砲花
戰鬥機

一株稻草的阿火
在風裡搖頭：
「天空不是老爹
天空已不是老爹」

◇作者簡介

白萩，本名何錦榮，一九三七年生，台灣台中人。台中商職高級部畢業，曾為「現代派」成員、「藍星詩社」主幹、《創世紀》詩刊編輯及「笠詩社」的發起人，並曾主編《笠》詩刊及擔任台灣現代詩人協會理事長。

白萩自一九五二年開始創作，詩風多變，具有現代主義的理性，也具有寫實主義的批判性，他早年致力新詩繪畫性、音樂性與思想性的實驗，語言精鍊素樸，能敏銳表現心靈深處的痛感，也能對人間社會的弱勢階級表現人道精神，而又具有對不公的批判性格。著有詩集《蛾之死》、《風的薔薇》、《天空象徵》、《香頌》、《詩廣場》、《白萩詩選》、《觀測意象》、《風吹才感到樹的存在》、《自愛》等。

曾獲「吳三連文學獎」、台中市「大墩文學貢獻獎」等多種獎項。

◇作品賞析

詩評家葉笛曾說：「在嚴肅的詩人們之中，白萩是一孤立的岩石。」這句話說出了白萩一生追求詩藝的堅苦卓絕精神和開創性性格。如他早年實驗新詩的繪畫性，就有著驚人的成績，〈流浪者〉是表現白萩具有繪畫性的圖像詩作。

這首詩，從其外在形式看，詩行的排列，宛然地平線上確有一株孤獨的絲杉，孤獨地站著。因此常被視為圖像詩；就其意象秩序來看，從「望著遠方的雲的一株絲杉」，而「在／地／平／線／上／一株絲杉」，到結句「孤單的一株絲杉」，由雲到地平線，展現了絲杉的空間位置，因此產生天地之大、絲杉之小的孤獨感；就其內涵來看，這首詩雖然不表現流浪者的獨白或嘆息，但是透過詩人的詩句，「他的影子，細小。他的影子，細小／他已忘卻了他的名字。忘卻了他的名字。」的複沓，就把流浪者的孤獨感具體地表現而出，讓讀者強烈感覺流浪者一如「一株絲杉站在地平線上」。從遣句、字行排列，到意象秩序的鋪排，這首詩都特出地表現了現代詩獨特的風格。

〈天空〉則是白萩寫作《天空象徵》時期（六〇年代中期）的名作，到了這個階段，白萩告別現代主義，改採素樸的、乾淨的語言，面對現實與人生，提出他的批判。這首詩以農夫阿火望天呼救為題材，詩的意象單純，「一株稻草」，是整首詩的主軸，向天空求雨的阿火，卻看到「天空寫著／砲花／戰鬥機」，雨水和砲花形成的意象，直接衝撞閱讀者心靈，因此當詩的末段，阿火在風裡搖頭：「天空不是老爹／天空已不是老爹」，也就將全詩的動人力量推到高峰。戰爭與和平、大時代與小人物的悲劇，在這首語言簡單的詩中深刻顯現。

◆延伸閱讀

1. 陳千武，〈詩的語言——看白萩詩集《天空象徵》〉，《笠》三二期，一九六九年八月，頁五八—六〇。
2. 李魁賢，〈七面鳥的變奏——白荻論〉，《心靈的側影》，新風出版社，一九七二年一月，頁一—四三。

3. 趙德克，〈徘徊在白萩的詩林間〉，葉維廉主編，《中國現代作家論》，聯經出版社，一九七三年。
4. 陳慧樺，〈白萩風格論〉，張漢良、蕭蕭編，《現代詩導讀》第五冊，故鄉出版社，一九七九年，頁二四五－二七一。
5. 丁旭輝，〈白萩圖象詩研究〉，《國立中央圖書館台灣分館館刊》七卷一期，二〇〇一年三月。

收藏

李魁賢

怕遺忘的心事
怕被偷窺到的文件
怕無端受損的紀念品
好好收藏起來
放到隱祕
不容易翻到的地方
安心地
把隱藏的這件心事本身
也把它遺忘
連帶遺忘了有過心事這回事
甚麼文件或紀念品
都沒有存在過似的

完美的收藏
在封閉的記憶門外
由他人
任意去陳列
在紛爭的歷史中

伊斯坦堡晨思

方尖碑上埃及的象形文字
讀著土耳其嗚咽的天空

耶穌基督躲在教堂牆壁的灰泥背後
也不知聽了幾世紀可蘭經的吟誦了

維吾爾人從中國新疆一路亡命到伊斯坦堡
終於找到一抔土樹立了東土耳其斯坦烈士紀念碑
然而有更多的庫德人在血腥的土地上
拚命要掙脫歷史和空間的枷鎖呢
俯臨博斯普魯斯海峽藍得和明瓷一樣的海水
我把金黃的晨曦攪進早餐乳白的優酪中。

◆作者簡介

李魁賢，一九三七年生，台灣台北人。台北工專畢業，曾任台肥南港廠化學工程師、台灣筆會會長、國家文化藝術基金會董事長、世界詩人運動組織副會長。

李魁賢出道甚早，作品以詩為主，兼及散文、評論、翻譯。他的詩語言素樸淺白，強調詩必須以寫實、批判的語言，撼動讀者，同時以台灣主體性為思考，表現土地、人民的關愛。著有詩集《靈骨塔及其他》、《枇杷樹》、《南港詩抄》、《赤裸的薔薇》、《水晶的形成》、《輸血》及《李魁賢詩集》，另有評論、散文、翻譯等多種。

曾獲推薦提名「諾貝爾文學獎」候選人、「吳三連文學獎」等獎項。

◇作品賞析

李魁賢的詩觀強調，詩的本質是精神，是意識：現代人寫現代詩要符合現實主義精神，也要具備人文精神；詩為傳達可感知的意識而存在，創作意識決定作家的觀點和創作活動。因此他的詩總是有意識地沿著現實主義的軌道發展。

〈收藏〉寫於一九八三年，這首詩具有相當知性的邏輯推演，李魁賢由心事、密件和紀念品的「好好收藏起來／放到隱祕／不容易翻到的地方」寫起，接著筆鋒一轉，強調「安心地／把隱藏的這件心事本身／也把它遺忘」，才叫真正「完美的收藏」，詩寫到此，產生了邏輯上的詭態，收藏為了不易被人發現，最後形成「在封閉的記憶門外」，連擁有者或收藏者也遺忘其存在的結果，當然只能「由他人／任意去陳列／在紛爭的歷史中」。這首詩的表面意涵如此，究其本質，則又有諷刺歷史事件、或爭議事件無法真實釐清，即連當事人有時也無法見證的寓意在。

〈伊斯坦堡晨思〉則試圖在當代國際社會的弱勢民族血淚中，思考霸權宰制與弱小民族如何對應的歷史與當代課題。詩人先寫維吾爾人向中國要求獨立失敗的亡命經驗，接著比對伊拉克少數民族庫德族人「在血腥的土地上／拚命要掙脫歷史和空間的枷鎖」，一逃命屈服，一頑強抵抗，國族命運的明天自有不同。本詩傑出之處，應在最後兩行，「俯臨博斯普魯斯海峽藍得和明瓷一樣的海水／我把金黃的晨曦攪進早餐乳白的優酪中」，博斯普魯斯海峽位於土耳其，地處歐亞兩大洲，其東岸是亞洲亞細亞半島，西岸則是歐洲巴爾幹半島，自古即扼東西方交通、軍事咽喉，詩人用「把金黃的晨曦攪進早餐乳白的優酪中」總結此詩，隱喻的想像空間因此更加開闊，可以是期許東西方文明的交融，也可以是對弱小民族掙脫歷史和空間枷鎖的期許。

◆延伸閱讀

1. 古繼堂，〈透明的紅蘿蔔——論台灣詩人李魁賢的詩〉，《文學界》春季，一九八八年，頁一五—三〇。
2. 趙天儀，〈個人意識與社會意識——試論九〇年代李魁賢的詩與詩論〉，《台灣現代詩鑑賞》，台中市立文化中心，一九九八年，頁一四一—一六二。
3. 江寶釵，〈李魁賢詩的閱讀與典律政治〉，《李魁賢文學國際學術研討會》，文建會，二〇〇二年，頁一六五—一九九。
4. 應鳳凰，〈李魁賢的社會責任與鄉土情懷〉，《國語日報》，二〇〇二年六月八日。
5. 王國安，《李魁賢現代詩及詩論研究》（高雄師範大學國文研究所碩士論文），二〇〇四年。

台灣農村駐足（二十首選二）

葉維廉

水田

一片高
　一片低
一片長
　一片短的
鏡子
把火辣辣的太陽
化成
千種柔光
把竹林照得一帶翡翠
把微風

照得竟也綠了起來
把那梳著兩根辮子的小小姑娘啊
照得新娘子一樣
歡喜的紅潤
盈盈的透香
在一片高
　一片低
一片長
　一片短的
水田上

純鄉味

教我如何把
大太陽炙照下
甘蔗乾葉梗
微微散發的一種甜

凝混著泥土的香
和間歇性的
牛糞的臭
以及由黃銅的肌膚上
如珠滴下的汗
由鹽岸吹來的風扇起
錄音機錄影機那樣錄下來
告訴妳
讓妳聞到
那
那便是南台灣最清純的味道

鹽港夕照

常常當夕陽把天空展開
像熊熊的烈火
把雲從染缸裡拉起來

晾在海平線上
像一條條滴著色水的棉線
當荷鋤的挑擔的
依著如潮的歸鳥
從熊熊的晚霞裡走回來
一步一頓的
像皮影戲那樣有節奏
當炊煙群起
把平靜的屋頂一時弄得
無比的熱鬧
當老人喝了一杯
濃得苦澀的凍頂烏龍茶
把最後的閒話
渲染得有風有骨
引得一村的人都傾注地
圍著他在細聽
那時候

我最愛從空巷裡走到村外
去看：
鹽粒千里
燦爛著最後的一絲陽光
去聽：
在一片金黃裡
兩個瘦長的人影
騰空地
踩著龍骨車
把一田的鹽水
抽送到另一面
那悠揚清脆的音響

◇作者簡介

葉維廉，一九三七年生，廣東中山人。台大外文系畢業，師大英語研究所碩士，愛荷華大學美國文學碩士，普林斯頓大學比較文學博士。曾任美國加州大學教授、香港中文大學比較文學研究所所長等職，現為美國加州大學聖地牙哥校區文學系榮譽教授。

葉維廉六〇年代在香港創辦《詩朵》，來台後加入「創世紀詩社」，他的詩表現出學院派重視結構、句法與節奏的特質，同時具有對比、映襯的形式之美，喜好以組詩方式表現綿密不絕的詩思，而富建築的美感。除了詩之外，他在比較文學、文學批評及翻譯領域也都有亮眼貢獻。著有詩集《賦格》、《三十年詩》、《葉維廉自選集》、《花開的聲音》、《冰河的超越》，及論著等多種。

曾獲「創世紀詩獎」、「教育部文藝獎」等獎項。

◆作品賞析

葉維廉早期的詩難讀難懂，但有餘味，顏元叔曾用「定向疊景」討論葉維廉的詩篇特色，認為他的詩用語精確，結構嚴謹，因此儘管艱深，卻有一定的發展或投射方向，讀者按這個方向領略，越見情思的風景層出不窮。

這裡選錄的是葉維廉八〇年代以台灣農村風景為對象寫出的三首詩作，已經盡去詩人早期詩作的艱深，但仍維持「定向疊景」的精確優點，在文字藝術上也相當洗鍊，更重要的是，其中有著詩人對台灣農村社會的細密觀察、對農民生活的全心體會，因而首首動人。

〈水田〉寫台灣農村常見的水田，詩人特意在詩行排列上模擬水田的梯形錯落，接著寫水田如鏡，映照天光、人影的美麗景象加以素描，從火辣辣的太陽，到竹林、到小姑娘的歡喜的紅潤，呈現了農村的靜謐、水田的美，整首詩宛如水墨景色一般，飽含著圓潤、自足的喜悅。〈純鄉味〉則採取強調嗅覺趣味的寫法，將陽光下「甘蔗乾葉梗/微微散發的一種甜」，和「泥土的香」、「牛糞的臭」，還有農夫「黃銅的肌膚上/如珠滴下的汗」加以併置，造成閱讀上的臨場感，讀者閱讀時也宛然親臨現場，聞到「南台灣最清純的味道」，這首詩舉重若輕，隨手捻來，寫活了南台灣農村的真正氣息。〈鹽港夕照〉也是，全詩採用鮮明的鹽村圖像，由夕照下回家的農民、喝茶聊天的老人，以及「我」所見的鹽田景觀，逐一鋪寫，彷彿鏡頭一般，細膩地表現出一幅鹽港夕暮風情。

這是描繪台灣農村的佳作，既寫實、寫意，也寫出了詩人對農村的真情。

◇延伸閱讀

1. 古添洪，〈名理前的視覺：論葉維廉詩〉，《中外文學》四卷一〇期，一九七六年三月，頁一〇四—一一九。
2. 劉登翰，〈台灣詩人論札——葉維廉論〉，《創世紀》八三期，一九九一年四月，頁一〇六—一〇八。
3. 李豐楙，〈山水・逍遙・夢——葉維廉後期詩及其詩學〉，《創世紀》一〇七期，一九九六年七月，頁七三—八〇。
4. 梁秉鈞，〈葉維廉詩作中的超越及現象世界〉，《創世紀》一〇七期，一九九六年七月，頁八一—九四。
5. 廖棟樑、周志煌編，《人文風景的鐫刻者——葉維廉作品評論集》，文史哲出版社，一九九七年。

更換的年代

岩上

水龍頭壞了　換一個
電燈壞了　換一個
電視機壞了　換一個

衣服舊了　換
汽車舊了　換
房子舊了　換

肝臟壞了　換一個
腎臟壞了　換一個
心臟壞了　換一個

妻子舊了　換
丈夫舊了　換
孩子壞了
不能更換
任
　其
　　作
　　　惡

◇作者簡介

岩上，本名嚴振興，一九三八年生，二〇二〇年卒，台灣嘉義人。台中師範學院、逢甲大學畢業，任教中、小學教師多年，退休後曾任台灣現代詩人協會理事、台灣兒童文學學會理事等。

岩上於一九七六年召集詩友創辦《詩脈》詩刊，推動七〇年代現代詩的回歸本土；一九九四年之後擔任《笠》詩刊主編八年，深耕本土寫實路線，強化本土詩學。他的詩對準生命探討、鄉土關懷、哲理感悟和社會批判而發，精準而冷冽，能發人深省。著有詩集《冬盡》、《台灣瓦》、《岩上詩選》、《岩上八行詩》、《更換的年代》、《針孔世界》及評論集《詩的存在》等多種。

曾獲「南投文學貢獻獎」、「榮後台灣詩人獎」等獎項。

◆作品賞析

岩上的詩作探討的主題甚多，詩評家王灝認為最主要的有生命探討、鄉土關懷、哲理感悟和社會的觀察與批判等五類，這裡選的詩是岩上收在《更換的年代》詩集中的同題作品。

這首詩寫一切都可更換的資本主義社會，沉痛苦鬱的，不在水龍頭、電燈、電視機或衣服、汽車、房子等器物的老舊，因為透過消費即可更換；也不在肝臟、腎臟和心臟等肉體器官的壞死，因為通過醫療尚有可救；更不在夫妻感情的消褪，即使離婚，也可補救。因此，器物的更替、器官的轉換，乃至婚姻的終結與再續，在現代資本主義社會中都是簡易之事。但詩的最後一段，突如其來「孩子壞了／不能更換／任／其／作／惡」，則讓讀者訝然愕然，刺痛在心，「孩子」不能更換，是血緣的無法改變，再壞也是自己的孩子，再如何作惡多端，也無法透過「換」的消費行為來加以去除。這是詩的表面意涵，丁旭輝說岩上的詩「理性冷靜之中、蘊張力於平易簡潔之內」，由此可證。

從內在意涵來看，則此詩的「孩子」除了象徵血緣之外，同時轉喻「下一代」，這是對台灣教育隳壞，導致下一代「作惡」的沉痛指控，岩上透過這樣的轉喻，將這一代透過金錢易物、解決問題，而不重視人格養成的「消費意識」進行了嚴厲的批判，前三段的任意「更換」對照「孩子」的無可更換，使得全詩張力十足，力道萬鈞，而有「沉則不浮，鬱則不薄」的表現，這就看得出岩上詩藝的沉穩厚重，已臻佳境。

◇延伸閱讀

1. 蕭蕭，〈岩上的位置〉，《台灣日報》，一九八〇年六月。

2. 趙天儀，〈現實與超現實的結合——論岩上的詩與詩論〉，《笠》一九〇期，一九九六年十二月，頁九一一一〇四。

3. 王灝，〈從激流到更換的年代：岩上的詩路小探〉，《台灣詩學季刊》三八期，二〇〇二年三月，頁一四〇一一四四。

4. 丁旭輝，〈試論岩上詩作的語言風格及其變化〉（上），《國立中央圖書館台灣分館館刊》八卷二期，二〇〇二年六月，頁八七—九七；（下），《國立中央圖書館台灣分館館刊》八卷三期，二〇〇二年九月，頁一〇八—一二三。

椅子

張香華

室內，一張椅子
在過午的陽光下，佇立
等待屬意她的人來落座
時間，被擦拭、打過蠟般
發亮

無法想像這人如何穿著
尋常紡織的卡其布服？
隨風迤邐的曳地羅裙？
法蘭西絨條紋的西褲？
廝磨褪色粗硬的jeans？
沒有預示，毫無先兆

跨大步的分針，追趕邁小步的時針
在日影敧斜中，椅子開始扭動變形
高瘦的椅腿，奇幻的修長
門緊閉、窗半敞的屋子
沒人走過，一切靜默無聲
只見椅子腿不斷加長
快跨出室外去了
椅子，繼續顛倒夢想

一匹黑影，冷不防自窗外躍下
篤的一聲，跳上椅墊
從發出輕微咕嚕的喉音裡
椅子，吃驚的明白過來
她，終於等到了久候的嬌客
一頭貪睡而自在的
貓

途遇

——這些景象，都一一發生過

有人在大馬路上走著
口中唱的歌被澆溼了
風雨正和他擦肩而過

一隻灰藍色的海鳥
自翱翔的空中俯衝而下
誤入地下車道的迷途

斑斕的彩蝶，在
行道樹上，顫顫的拍動雙翼
滿臉無辜而迷茫

一朵朵木棉花絮
絨球般的沿街迤邐
之前，輕輕吹拂過穿梭的車輛
一頁不知記載了什麼的
紙張，飄揚　墜落　飄揚
幻遊在嘈雜繁忙的市區

這條街上
這些景象
都一一發生過

雄偉矗立在大漠上的浮雕
供千年後人們憑弔的
現在已被風沙磨平

作者簡介

張香華，一九三九年生於香港，福建龍岩人。台灣師範大學畢業，美國愛荷華大學國際寫作計畫邀訪作家。曾任高中教師、《草根》詩刊執行編輯、《文星》雜誌詩頁主編、警察廣播電台「詩的小語」節目主持人。

她的詩以柔情為基調，溫馨動人，語言如行雲流水，節奏輕快，被譽為「絲」一般的詩人，同時也是一位出色的詩使者及朗誦者。著有詩集《不眠的青青草》、《千般是情》等多種。

曾獲「國際桂冠詩人獎」等多種獎項。

作品賞析

張香華的詩，溫柔婉約，但又對社會保持關懷，因此筆鋒圓潤流轉。她的詩都從生活出發，舉凡生活所見，都能入詩，她以特有的敏銳俯拾身邊瑣事，並從中探究人生的意義。

〈椅子〉是將平常生活經驗巧妙轉化的好詩。這首詩，冷靜細密，以理智的筆調寫室內的椅子在午後陽光下的變化，椅子被賦予感覺，想像誰會來落座，這樣的詩思使這首詩充滿玄奇的趣味，加上椅子的魔幻變化（只見椅子腿不斷加長），更讓全詩的詩境迷離；詩的最後是「一匹黑影，冷不防自窗外躍下」的貓的落座，達到了令讀者驚奇的效果。這首詩，是生活中所見，詩人巧心及其書寫技巧，則讓腐朽化為神奇，殊屬不易。

在〈途遇〉這首詩中，張香華就以途中所見入詩，她透過細膩觀察，像鏡頭一樣記錄下馬路上的街景，先是有人在大馬路上走著唱著，「口中唱的歌被澆溼了／風雨正和他擦肩而過」；接著是「一隻灰藍色的海鳥／自翱翔的空中俯衝而下／誤入地下車道的迷途」；接著是斑斕的彩蝶，在行道樹上，「滿臉無辜而迷茫」；還有「一朵朵木棉花絮／絨球般的沿街迤邐／之前，輕輕吹拂過穿梭的車輛」；以及一頁不知記載了什麼的紙張的飄揚與墜落。這五幅快照，呈顯了一條街的景象，如此自然，而又如此生機蓬勃。相與對比的是，此詩末段把鏡頭拉到遠在千里外的大漠，「雄偉矗立在大漠上的浮雕／供千年後人們憑弔的／現在已被風沙磨平」，短短三句，隱喻了世事滄桑，再偉大、再崇高的事務也有「被風沙磨平」的時候；而從當下來看，則街道所見，尤須珍惜。

◇延伸閱讀

1. 郭衣洞，〈《不眠的青青草》序〉，張香華詩集《不眠的青青草》，星光出版社，一九七八年，頁一—四。
2. 歸人，〈張香華的「情歌」——我讀《千般是情》〉，《文訊》，一九八七年十二月，頁一九〇—一九四。
3. 鍾玲，〈由象牙塔到人世間——論張香華的詩〉，《中華日報》，一九八八年十月十五日。

影子

朵思

我親密的伴侶
時長、時短、時隱於無形

光源來自的方向
塑造了許多不同變形
的我

有時我拖著它行走
有時我踩著它
踩著自己的心，自己的頭顱
自己的思想

從年輕一直踩向年老

我的影子，用大地的容器
盛著，猶之
花缽盛著花姿的枯榮

面對一屋子沉默的家具

我和一屋子沉默的家具
耽在屋裡
彼此廝守著
彼此熟悉的氣味

夜睡去
我起床
在充塞孤寂無聊的家具隔開如兩岸垂柳的空間

走來走去。

我彎身
拾起一小撮寂寞
寂寞便互撞推擠如滾動彈珠如水流如你
起落的腳步
灰燼般一握便碎的寂寞
如何撿得完？

◇作者簡介

朵思，本名周翠卿，一九三九年生，台灣嘉義人。嘉義女中畢業，為「創世紀詩社」成員。朵思十六歲時開始詩創作，其後轉向小說和散文，迄一九七九年重回詩創作，她的詩具有對女性成長和處遇的深刻反省，也擅長挖掘人性底層。著有詩集《側影》、《窗的感覺》、《心痕索驥》、《飛翔咖啡屋》、《從池塘出發》、《曦日》等多種。

◇作品賞析

朵思早從一九五五年就開始了她的詩路，但她的詩藝成就要到近幾年來才獲得肯定。她的詩有超現實主義的餘風，卻也有觀照現實的悲鬱和批判。這裡選的詩〈面對一屋子沉默的家具〉和〈影子〉都有此一特質。

〈影子〉是一首具有自我觀照意識的詩，以影子為「我親密的伴侶」，寫實，也寫心中的孤獨，因此影子在光源的變化下產生的，就是很多「不同變形/的我」，影子雖虛，卻也和有心、有思想的我共存，詩的最後說，「從年輕一直踩向年老/我的影子，用大地的容器/盛著，猶之/花缽盛著花姿的枯榮」更使此詩的玄想顯得鮮明、生動，影子之於大地，花姿之於花缽，兩相對應，我的影子方才有了生命，儘管花姿如何變形、如何枯榮，從年輕到老，在大地的容器中，影子與我，寂寞、孤獨，也都是生命的顯影。

〈面對一屋子沉默的家具〉這首詩中，朵思以「我」和「一屋子沉默的家具」展開對話，屋子裡只有我和家具「彼此廝守著/彼此熟悉的氣味」，所以沉默的家具就映現了寂寞的我。接著詩人開始表現「寂寞」的感覺，她以「夜睡去/我起床」作為寂寞的軸承，展開陳述，「在充塞孤寂無聊的家具隔開如兩岸垂柳的空間/走來走去」，是百無聊賴，是寂寞；「我彎身/拾起一小撮寂寞/寂寞便互撞推擠如滾動彈珠如水流如你/起落的腳步」，更是寂寞，句子的冗長強化了寂寞的難耐。收筆「灰燼般一握便碎的寂寞/如何撿得完？」則將寂寞的碎雜難理一語道破。超現實的技法、現實的悲鬱，並見於此詩。

◆延伸閱讀

1. 向明，〈女詩人群像：朵思〉，《文訊》三十七期，一九八八年八月，頁九。
2. 商禽，〈心靈的感官之旅——朵思詩集《心痕索驥》讀後〉，《中時晚報》，一九九四年十月三十日。
3. 沈奇，〈生命之痛的詩性超越——論朵思〉，《台灣詩人散論》，爾雅出版社，一九九六年，頁一九八—二一六。
4. 洪淑苓，〈朵思及其詩歌美學析論〉，朵思詩集《曦日》，爾雅出版社，二〇〇四年，頁一五一—一九五。

熱蘭遮城

楊牧

一

對方已經進入燠熱的蟬聲
自石級下仰視，危危闊葉樹
張開便是風的床褥——
巨礮生銹。而我不知如何於
硝煙疾走的歷史中冷靜蹂躪
她那一襲藍花的新衣服

有一份燦然極令我欣喜
若歐洲的長劍斗膽挑破
巔倒的胸襟。我們拾級而上
鼓在軍中響，而當我

解開她那一排十二隻紐扣時
我發覺迎人的仍是熟悉
涼爽的乳房印證一顆痣
敵船在海面整隊
我們流汗避雨

二

敵船在積極預備拂曉的攻擊
我們流汗部署防禦
兩隻枕頭築成一座礮台
蟬聲漸漸消滅，亞熱帶的風
鼓盪成波動的床褥
你本是來自他鄉的水獸
如此光滑如此潔淨
你的四肢比我們修長

你的口音彷彿也是清脆的

是女牆崩落時求救的呼喊
彷彿也是枯井的虛假
我俯身時總聽到你
空洞的回聲不斷

三

巨礮生銹，硝煙在
歷史的斷簡裡飛逝
而我撫弄你的腰身苦惱
這一排綠油油的闊葉樹又在
等候我躺下慢慢命名

自塔樓的位置視之
那是你傾斜的項鍊一串
每一顆珍珠是一次戰鬥
樹上佈滿火併的槍眼
動人的荷蘭在我硝煙的

懷抱裡滾動如風車

四

默默數著慢慢解開
那一襲新衣的十二隻紐扣
在熱蘭遮城，姊妹共穿
夏天易落的衣裳：風從海峽來
並且撩撥著掀開的蝴蝶領
我想發現的是一組香料群島啊，誰知
迎面升起的仍然只是嗜血的有著
一種薄荷氣味的乳房。伊拉
福爾摩莎，我來了仰臥在
你涼快的風的床褥上。伊拉
福爾摩莎，我自遠方來殖民
但我已屈服。伊拉
福爾摩莎。伊拉
福爾摩莎

有人問我公理和正義的問題

有人問我公理和正義的問題
寫在一封縝密工整的信上，從
外縣市一小鎮寄出，署了
真實姓名和身分證號碼
年齡（窗外在下雨，點滴芭蕉葉
和圍牆上的碎玻璃），籍貫，職業
（院子裡堆積許多枯樹枝
一隻黑鳥在撲翅）。他顯然歷經
苦思不得答案，關於這麼重要的
一個問題。他是善於思維的，
文字也簡潔有力，結構圓融
書法得體（烏雲向遠天飛）

晨昏練過玄祕塔大字，在小學時代
家住漁港後街擁擠的眷村裡
大半時間和母親在一起；他羞澀
敏感，學了一口台灣國語沒關係
常常登高瞭望海上的船隻
看白雲，就這樣把皮膚晒黑了
單薄的胸膛裡栽培著小小
孤獨的心，他這樣懇切寫道：
早熟脆弱如一顆二十世紀梨

有人問我公理和正義的問題
對著一壺苦茶，我設法去理解
如何以抽象的觀念分化他那許多鑿鑿的
證據，也許我應該先否定他的出發點
攻擊他的心態，批評他收集資料
的方法錯誤，以反證削弱其語氣
指他所陳一切這一切無非偏見

不值得有識之士的反駁。我聽到
窗外的雨聲愈來愈急
水勢從屋頂匆匆瀉下，灌滿房子周圍的
陽溝。唉到底甚麼是二十世紀梨呀——
他們在海島的高山地帶尋到
相當於華北平原的氣候了，肥沃豐隆的
處女地，乃迂迴引進一種鄉愁慰藉的
種子埋下，發芽，長高
開花結成這果，這名不見經傳的水果
可憐憫的形狀，色澤，和氣味
營養價值不明，除了
維他命C，甚至完全不象徵甚麼
除了一顆猶豫的屬於他自己的心

有人問我公理和正義的問題
這些不需要象徵——這些

是現實就應該當做現實處理
發信的是一個善於思維分析的人
讀了一年企管轉法律，畢業後
半年補充兵，考了兩次司法官……
雨停了

我對他的身世，他的憤怒
他的詰難和控訴都不能理解
雖然我曾設法，對著一壺苦茶
設法理解。我相信他不是為考試
而憤怒，因為這不在他的舉證裡
他談的是些高層次的問題，簡潔有力
段落分明，歸納為令人茫然的一系列
質疑。太陽從芭蕉樹後注入草地
在枯枝上閃著光。這些不會是
虛假的，在有限的溫暖裡
堅持一團龐大的寒氣

有人問我一個問題，關於
公理和正義。他是班上穿著
最整齊的孩子，雖然母親在城裡
幫傭洗衣——哦母親在他印象中
總是白皙的微笑著，縱使臉上
掛著淚；她雙手永遠是柔軟的
乾淨的，燈下為他慢慢修鉛筆
他說他不太記得了是一個溽熱的夜
好像髣髴父親在一場大吵鬧後
（充滿鄉音的激情的言語，連他
單祧籍貫香火的兒子，都不完全懂）
似乎就這樣走了，可能大概也許上了山
在高亢的華北氣候裡開墾，栽培
一種新引進的水果，二十世紀梨
秋風的夜晚，母親教他唱日本童謠
桃太郎遠征魔鬼島，半醒半睡
看她剪刀針線把舊軍服拆開

修改成一條夾褲一件小棉襖
信紙上沾了兩片水漬，想是他的淚
如牆腳巨大的雨霉，我向外望
天地也哭過，為一個重要的
超越季節和方向的問題，哭過
復以虛假的陽光掩飾窘態

有人問我一個問題，關於
公理和正義。簷下倒掛著一隻
詭異的蜘蛛，在虛假的陽光裡
翻轉反覆，結網。許久許久
我還看到冬天的蚊蚋圍著紗門下
一個塑膠水桶在飛，如烏雲
我許久未曾聽過那麼明朗詳盡的
陳述了，他在無情地解剖著自己：
籍貫教我走到任何地方都帶著一份
與生俱來的鄉愁，他說，像我的胎記

然而胎記襲自母親我必須
承認它和那個無關。他時常
站在海岸瞭望，據說煙波盡頭
還有一個更長的海岸，高山森林巨川
母親沒看過的地方才是我們的故鄉
在大學裡必修現代史，背熟一本
標準答案；選修語言社會學
高分過了勞工法，監獄學，法制史
重修體育和憲法。他善於舉例
作證，能推論，會歸納。我從來
沒有收到過這樣一封充滿體驗和幻想
於冷肅尖銳的語氣中流露狂熱和絕望
徹底把狂熱和絕望完全平衡的信
禮貌地，問我公理和正義的問題

有人問我公理和正義的問題
寫在一封不容增刪的信裡

我看到淚水的印子擴大如乾涸的湖泊
濡沫死去的魚族在暗晦的角落
留下些許枯骨和白刺，我彷彿也
看到血在他成長的知識判斷裡
濺開，像炮火中從困頓的孤堡
放出的軍鴿，繫著疲乏之頑抗者
最渺茫的希望，衝開窒息的硝煙
鼓翼升到燒焦的黃楊樹梢
敏捷地迴轉，對準增防的營盤刺飛
卻在高速中撞上一顆無意的流彈
粉碎於交擊的喧囂，讓毛骨和鮮血
充塞永遠不再的空間
讓我們從容遺忘。我體會
他沙啞的聲調，他曾經
嚎啕入荒原
狂呼暴風雨
計算著自己的步伐，不是先知

他不是先知，是失去嚮導的使徒——
他單薄的胸膛鼓脹如風爐
一顆心在高溫裡熔化
透明，流動，虛無

◇作者簡介

楊牧，本名王靖獻，年輕時另用筆名葉珊，一九四〇年生，二〇二〇年卒，台灣花蓮人。美國柏克萊加州大學文學博士，曾任教於美國麻州大學、普林斯頓大學、華盛頓大學，返台後任教於東華大學、政治大學，並曾任中央研究院中國文哲研究所特聘研究員兼所長。

楊牧出道時就以現代詩和散文馳名，他的詩作語言精銳、筆法細膩，風格於婉約中帶有古樸曠放的美感，在節奏的處理上，善於調製迷人韻律，小說家王文興譽他創立了現代詩的新秩序：主題發展完整，內部組織猶如鐘錶，繁複而嚴密，韻律完美，具有高度音樂性。著有詩集《燈船》、《傳說》、《瓶中稿》、《有人》、《完整的寓言》、《時光命題》、《涉事》、《楊牧詩集I》、《楊牧詩集II》等多種。

曾獲「國家文藝獎」、「吳三連文學獎」、「紐曼華語文學獎」等多種獎項。

◇作品賞析

楊牧的詩風多姿，除了早期迷人的浪漫，後期嚴謹的古樸之外，他詠史的詩和議論的詩也在詩壇獨樹一幟，為人樂道。這裡選的兩首詩作，足為驗證。

〈熱蘭遮城〉借荷蘭結束治台的歷史為背景。一六六一年四月二十九日，鄭成功船隊趁水勢湧進鹿耳門水道，進入台江內海。隨後鄭軍水師衝過荷軍防線，先在赤崁樓以北的禾寮港登陸，接著進占赤崁，直逼普羅民遮城，五天後，荷蘭守將棄城投降，這迫使荷蘭人退守位在普羅民遮城對岸的熱蘭遮城，雙方開始長期的對峙交戰，直到次年二月一日，熱蘭遮城的荷蘭人不敵鄭軍圍困，終與鄭簽訂和約，結束荷蘭統治。因此本詩首句就以「對方已經進入燠熱的蟬聲」起筆，遙想並模擬當年荷蘭人面對鄭軍的心緒。這首詩的創意在於，詩人不寫戰爭，而以極盡浪漫的筆調，寫「我」與「她」的繾綣纏綿，「鼓在軍中響，而當我/解開她那一排十二隻紐扣時/我發覺迎人的仍是熟悉/涼爽的乳房印證一顆痣/敵船在海面整隊/我們流汗避雨」；次節「敵船在積極預備拂曉的攻擊/我們流汗部署防禦/兩隻枕頭築成一座礮台」，則諷喻荷軍之不敵。詩末「福爾摩莎，我自遠方來殖民/但我已屈服。伊拉/福爾摩莎。伊拉/福爾摩莎」點出此詩主旨，荷蘭與鄭軍的交戰，男人與女人的交合，殖民與被殖民之間的種種糾葛，盡在「默默數著慢慢解開/那一襲新衣的十二隻紐扣」時袒露。

〈有人問我公理和正義的問題〉則是一首和八〇年代政治變遷的台灣現實對話的佳作。詩人使用感性與理性並見的語言、以及具有鮮明意象和沉緩節奏的技巧，逐一探討台灣的政治、社會與歷史議題，表現出了一個知識份子的憂國情懷，「他單薄的胸膛鼓脹如風爐／一顆心在高溫裡熔化／透明，流動，虛無」讀來有熾熱燙胸，卻又微帶失落的憂戚。

◇延伸閱讀

1. 何雅雯，《創作實踐與主體追尋的融攝：楊牧詩文研究》（台灣大學中文研究所碩士論文），二〇〇一年。
2. 簡文志，《楊牧詩研究》（東吳大學中國文學研究所碩士論文），二〇〇一年。
3. 曾珍珍編，《雝和：楊牧專輯》，《中外文學》三一卷八期，二〇〇三年一月。
4. 張惠菁，《楊牧》，聯合文學，二〇〇二年。
5. 林婉瑜，《楊牧《時光命題》語言風格研究》（東吳大學中國文學研究所碩士論文），二〇〇四年。

我已經走向你了

敻虹

你立在對岸的華燈之下
眾弦俱寂，而欲涉過這圓形池
涉過這面寫著睡蓮的藍玻璃
我是唯一的高音

唯一的，我是雕塑的手
　　雕塑不朽的憂愁
那活在微笑中的，不朽的憂愁
眾弦俱寂，地球儀只能往東西轉
我求著，在永恆光滑的紙葉上
求今日和明日相遇的一點
而燈暈不移，我走向你

我已經走向你了
眾弦俱寂
我是唯一的高音

水紋

我忽然想起你
但不是劫後的你，萬花盡落的你
為什麼人潮，如果有方向
都是朝著分散的方向
為什麼萬燈謝盡，流光流不來你
稚傻的初日，如一株小草
而後綠綠的草原，移轉為荒原

草木皆焚：你用萬把剎那的
情火

也許我只該用玻璃雕你
不該用深湛的凝想
也許你早該告訴我
無論何處，無殿堂，也無神像

忽然想起你，但不是此刻的你
已不星華燦發，已不錦繡
不在最美的夢中，最夢的美中

忽然想起
但傷感是微微的了，
如遠去的船
船邊的水紋……

◇作者簡介

敻虹，本名胡梅子，一九四〇年生，台灣台東人。台灣師大藝術系畢業，文化大學印度研究所碩士，東海大學哲學研究所博士，曾任中小學教師、師院講師、大學副教授。

敻虹早從五〇年代就開始創作，她善於抒寫感情，以精緻而細膩的情思、清麗自然的文字表現婉轉詩意。早期作品流露少女情懷，後期作品則多生命和佛理、哲理的深沉感悟。著有《金蛹》、《紅珊瑚》、《愛結》、《敻虹詩集》、《觀音菩薩摩訶薩》等多種。

◇作品賞析

敻虹早期的詩作相當迷人，她的詩表現出對愛情、友誼和青春的純美期許，其中最受矚目的是以愛情為主題的抒情詩作。

〈我已經走向你了〉這首詩，廣被傳誦，尤其末句「眾弦俱寂／我是唯一的高音」更成為金句。這首詩，以迴覆不斷的「眾弦俱寂」為軸承，鋪寫清純的少女情懷，從初見時「你立在對岸的華燈之下」，到「我求著，在永恆光滑的紙葉上／求今日和明日相遇的一點」，透露出少女心中的愛慕之情切，以及追求永恆不朽真愛的懷想；最後收筆以「而燈暈不移，我走向你／我已經走向你了／眾弦俱寂／我是唯一的高音」，則宣示了追求與接納的堅定意志。詩人在這首詩中，善用意象傳達言外之意，「寫著睡蓮的藍玻璃」

是荷花池，也是尚未湧現愛情漣漪的少女情懷；「永恆光滑的紙葉」，以「紙葉」代「紙頁」，呼應睡蓮之醒，也寫出祈求愛情與緣分的心願。

〈水紋〉寫的則是相思、懷念之情，詩一開頭「我忽然想起你／但不是劫後的你，萬花盡落的你」，以曲筆為之，就耐人尋味，意味著這個戀人已經離去，兩人的戀情且已「萬花盡落」、「萬燈謝盡」。次節繼續鋪陳相思之苦，「為什麼人潮，如果有方向／都是朝著分散的方向／為什麼萬燈謝盡，流光流不來你」，在慨歎流光已逝，美麗時辰不再的同時，不捨之情依然猶在；第三節，以「一株小草」自喻，「綠綠的草原，移轉為荒原／草木皆焚：你用萬把剎那的／情火」，點出了此一戀情的起落，以及遭到情火灼傷的無奈。如此娓娓細說、層層撥開，詩人將少女情殤的幽微心情寫到極細緻之處，「忽然想起」，而想起的「不是此刻的你」、你也已「不在最美的夢中，最夢的美中」，固然傷感，「但傷感是微微的了，／如遠去的船／船邊的水紋……」，此句使用了言而無盡的刪節號，既暗示戀情已如船的遠去，傷感微微如船邊的水紋，圈圈向外，愈見平淡；實際上，水紋無盡，所以相思無窮，這就寫活了少女初戀的難捨與神傷。

◆延伸閱讀

1. 余光中，〈穿過一叢珊瑚礁——我看夐虹的詩〉，夐虹詩集《紅珊瑚》，一九八三年八月，頁一—二七。
2. 鍾玲，〈台灣女詩人作品中的中西文化傳統〉，《中外文學》一六卷五期，一九八七年十月，頁五八—一〇九。

3. 洪淑苓，〈詩心‧佛心‧童心——論敻虹創作歷程及其美學風格〉（上），《藍星詩學》一二期，二〇〇一年十二月，頁一九四—二一〇；（下），《藍星詩學》一三期，二〇〇二年三月，頁九—二一。

4. 尹玲，〈眾弦俱寂裡之惟一高音——剖析敻虹〈我已經走向你了〉一詩〉，《臺灣前行代詩家論》，萬卷樓出版社，二〇〇三年，頁四三—五七。

婦人之言

席慕蓉

我　原是因為這不能控制的一切而愛你
無從描摹的顫抖著的欲望
緊緊悶藏在胸中　爆發以突然的淚

繁花乍放如雪　漫山遍野
風從每一處沉睡的深谷中呼嘯前來
啊　這無限豐饒的世界
這令人暈眩呻吟的江海湧動
這令人目盲的
何等光明燦爛高不可及的星空

只有那時刻跟隨著我的寂寞才能明白
其實　我一直都在靜靜等待
等待花落　風止　澤竭　星滅
等待所有奢華的感覺終於都進入記憶
我才能向你說明

我　原是因為這終必消逝的一切而愛你

蒙文課——內蒙古篇

斯琴是智慧　哈斯是玉
賽痕和高娃都等於美麗
如果我們把女兒叫做
斯琴高娃和哈斯高娃　其實
就一如你家的美慧和美玉

額赫奧仁是國　巴特勒是英雄
所以　你我之間
有些心願幾乎完全相同
我們給男孩取名奧魯絲溫巴特勒
你們也常常喜歡叫他　國雄

鄂慕格尼訥是悲傷　巴雅絲納是欣喜
海日楞是去愛　嘉嫩是去恨
如果你們是有悲有喜有血有肉的生命
我們難道就不是
有歌有淚有渴望也有夢想的靈魂

(當你獨自前來　我們也許
可以成為一生的摯友
為什麼　當你隱入群體
我們卻必須世代為敵？)

騰格里是蒼天　以赫奧仁是大地
呼德諾得格　專指這高原上的草場
我們先祖獨有的疆域
在這裡人與自然彼此善待　曾經
有上蒼最深的愛是碧綠的生命之海

俄斯塔荷是消滅　蘇諾格呼是毀壞
尼勒布蘇是淚　一切的美好成灰

（當你獨自前來
這草原可以是你一生的狂喜
為什麼　當你隱入群體
卻成為草原的夢魘和仇敵？）

風沙逐漸逼近　徵象已經如此顯明
你為什麼依舊不肯相信

在戈壁之南　終必會有千年的乾旱
尼勒布蘇無盡的淚
一切的美好　成灰

作者簡介

席慕蓉，本名穆倫・席連勃，一九四三年生於四川，蒙古察哈爾蒙明安旗人。台灣師範大學美術系畢業，布魯塞爾皇家藝術學院畢業，曾任新竹師範學院美勞教育系教授，現為專業作家、畫家。

席慕蓉工於油畫，以婉轉寫情的清麗詩作崛起詩壇，散文也有盛名。她的詩，早期以清新、婉約著稱，近年則醉心於蒙古歷史與文化的重建，詩境遼遠開闊，有北方蒼茫風格。著有詩集《畫詩》、《七里香》、《無怨的青春》、《河流之歌》、《邊緣光影》、《迷途詩冊》、《席慕蓉・世紀詩選》等多種。曾獲「比利時皇家金牌獎」、「布魯塞爾市政府金牌獎」、歐洲美協兩項銅牌獎、「金鼎獎」最佳作詞及「中興文藝獎章新詩獎」等獎項。

作品賞析

席慕蓉崛起於八〇年代，她的第一本詩集《七里香》於一九八一年由大地出版社推出之後，立刻受到讀者喜愛，其後《無怨的青春》推出，又立即暢銷，造成「席慕蓉現象」。席慕蓉詩受到讀者熱愛，主要與她的語言流暢、意象清新、抒情節奏特出有關。近期席慕蓉詩風又轉變為沉穩、冷凝，特別是以祖居地蒙古為題材的詩作，更是出入歷史、文化與民族想像的多重空間，表現淳厚、高曠的美感。

〈婦人之言〉是一首有深度的好詩，本詩從啟語「我　原是因為這不能控制的一切而愛你」，到結語「我　原是因為這終必消逝的一切而愛你」，進行辯證，將女性的情欲與主體寫得相當深刻、透徹。「其實我一直都在靜靜等待／等待花落　風止　澤竭　星滅／等待所有奢華的感覺終於都進入記憶」，表現了女性看似被動而實則掌握積極性的主體思維。

在〈蒙文課——內蒙古篇〉詩中，席慕蓉比較蒙古民族命名與漢民族命名，除了語言差別外，命名用意並無兩樣，所以「斯琴高娃和哈斯高娃　其實／就一如你家的美慧和美玉」、「我們給男孩取名奧魯絲溫巴特勒／你們也常常喜歡叫他　國雄」；第三節則以蒙古語和漢語對比，強調「如果你們是有悲有喜有血有肉的生命／我們難道就不是／有歌有淚有渴望也有夢想的靈魂」，藉以凸顯漢民族固然有文化，蒙古民族也一樣有文化。詩人通過語言符號作為文化的表徵，在這首詩中反覆論證蒙古民族的主體性，用心良苦。但更值得注意的是，本詩中藏有兩節以括弧括出的詩句，質問漢人「當你獨自前來　我們也許／可以成為一生的摯友／為什麼　當你隱入群體／我們卻必須世代為敵？」、「當你獨自前來／這草原可以是你一生的狂喜／為什麼　當你隱入群體／卻成為草原的夢魘和仇敵？」用語沉痛，表現了少數民族面對集體民族主義時的悲哀與無奈，同時也間接控訴集體性民族主義的瘋狂與粗暴。一旦集體性民族主義意欲壓抑少數民族主體性和歷史文化的霸權得逞，詩人警惕我們「尼勒布蘇無盡的淚／一切的美好　成灰」，就是結局。這首詩是沉痛之詩、勇者之詩。

◇延伸閱讀

1. 蕭蕭，〈青春無怨，新詩無怨〉，《文藝月刊》，一九八三年七月，頁一〇二－一一二。
2. 白少帆、王玉斌，〈蒙古族女詩人席慕蓉〉，《現代台灣文學史》，遼寧大學出版社，一九八七年，頁八六〇－八六九。
3. 孟樊，〈台灣大眾詩學——席慕蓉詩集暢銷現象〉，《當代青年》一卷六期、七期，一九九二年六月，頁四八－五二。
4. 汪其楣，〈探索席慕蓉及瓦歷斯・諾幹「想念族人」中的「邊緣光影」〉，《臺靜農先生百歲冥誕學術研討會論文集》，台大中文系，二〇〇一年，頁三四三－三七六。
5. 沈奇，〈重新解讀「席慕蓉詩歌現象」〉，《文訊》二〇一期，二〇〇二年七月，頁一〇－一一。

油滴盞

張 錯

那是非常厚重內涵
和其他輕薄青白瓷相反
它的厚黑是一種掩護顏色
要比世情如墨的人間還要黑暗
真情才能絲毫無損；
然而在一望無際星夜裡
那又是如何的昇起與超越
吶喊與徬徨
寂寞與堅持啊！
開始是一雙孤獨眼睛
跟著是一雙孤獨眼睛
然後是許許多多孤獨眼睛
說話的眼睛

深情的眼睛
淚滴的眼睛
閃爍成為曜變天目
凝視著黑釉天空
在絕望的距離
無法觸及的空間
終於學會下雨天不再思念了，
去把灼熱眼淚
冷凝成結晶沉默；
像在高溫窯火裡
油滴情急生變，四處亂竄
斑斑駁駁
散佈在碗盞上。

附註：油滴茶碗為宋代建窯名盞之一，通體黝黑，釉色厚重濃郁，極富人情。在高溫窯火攝氏一千三百度時，釉中鐵礦質自小氣泡中逸出，成光亮結晶，如斑駁油滴，濺散在碗身。天目山僧人攜往東瀛，日本驚為天人，與其他窯變建盞，稱為曜變天目，為國寶之一。

◆作者簡介

張錯，本名張振翱，另有筆名翱翱，一九四三年生，廣東惠陽人。美國西雅圖華盛頓大學比較文學博士，現任美國洛杉磯南加州大學比較文學系及東南亞語文學系榮譽教授。

張錯於一九六〇年代開始寫詩，曾與王潤華、林綠、陳慧樺、淡瑩等人共創《星座》詩刊。他的詩風，兼具豪放與婉約、沉靜與悲壯，在抒情的基調上展現人生漂泊的無奈和滄桑。一九七〇年代末期竭力追尋抒情聲音及民族風格，一九八〇年代詩風定型。著有詩集《錯誤十四行》、《雙玉環怨》、《漂泊者》、《春夜無聲》、《檳榔花》、《滄桑男子》等多種。

◆作品賞析

張錯的詩，有沉重寫實之作，也有想像飛揚，纖弱柔情之作。〈油滴盞〉這篇詩作，融合古董器物之愛，寫出詩人的情傷，借物繫情，是張錯的功夫。

油滴盞為何物？根據本詩附註，此乃宋代建窯名盞之一，通體黝黑，釉色厚重濃郁，在高溫窯火攝氏一千三百度時，釉中鐵礦質自小氣泡中逸出，成光亮結晶，如斑駁油滴，濺散在碗身，所以得名。「建窯」就是建州窯所燒製的黑釉盞或茶碗，位在福建建陽縣水吉鎮，台北鴻禧美術館有收藏。此詩細膩描繪詩人把玩此一名盞的心緒，說「它的厚黑是一種掩護顏色／要比世情如墨的人間還要黑暗／真情才能絲毫無損」，隱含世情險惡的感慨，接著以一連串「眼睛」的排比，將〈油滴盞〉與天上星星的羅列、黑釉的天空互為詮解，使得手中把玩的奇物和天宇齊一，則見其想像之恣放、格局之開闊，這些「說話的眼睛／深情的眼睛／淚滴的眼睛」是油滴盞的眼睛，是天空的眼睛，也是詩人的眼睛，物我交融之感，因此油然而生，寫出了詩人的多情。於是「在絕望的距離／無法觸及的空間／終於學會下雨天不再思念了」，就點出了詩人睹物思人的神傷，油滴盞的熱淚，「斑斑駁駁／散佈在碗盞上」，何嘗不斑斑駁駁，流淌詩人的心板上？

◆延伸閱讀

1. 王鎮庚，〈抒情的不變——論評張錯台灣現代詩史觀點〉，《台灣詩學季刊》一二期，一九九五年，頁三三一—三三六。
2. 楊牧，〈劍之於詩——《張錯詩選》代序〉，《洪範季刊》六一期，一九九九年五月三十一日。
3. 陳大為，〈是夢太韌，還是刀太軟——《張錯詩選》的一種讀法〉，《中央日報・副刊》，一九九九年六月七日。
4. 胡衍南，〈傾聽流浪者之歌——專訪張錯〉，《文訊》一六五期，一九九九年七月，頁六九—七二。
5. 林幸謙，〈離散主體的鄉土追尋：張錯詩歌的流亡敘述與放逐語言〉，《中外文學》三一卷一二期，二〇〇三年五月，頁一五三—一八一。

我時常看見你——再致賴和

吳晟

我時常看見你穿著白衣
在往診的道路上顛簸
專注構思社會診斷書
在寂寞的夜晚
熬成一篇一篇新文學的先聲

歲末天寒迎接年節
家家戶戶焚燒紙錢賄賂鬼神
你卻在自家庭院
默默點燃
貧苦病患無力償還的帳單

我時常看見你穿著讀書人便服
站在文化協會講台上
年輕昂揚的義憤
激發出如你的詩句般
正直的呼聲

你急於喚醒鄉親封建的迷夢
更痛斥異國統治
對殖民地的輕鄙和壓榨
卻換來兩度囚房的折辱

我時常看見你穿著黑色台灣衫褲
在遼闊的農田邊
和農民親切地交談
在險峻的山區
和原住民　兄弟般相擁

我時常看見你
和同志合照的泛黃相片上
站在後排或邊角
平庸的面貌，從不凸顯自己
卻是那樣堅定地挺立

我多麼不願去揣想
多少愛穿和服、急於樹立皇民楷模
和你同輩的功名文人
當年和誰站在一起、替誰說話

在一棟豪華大廈
為紀念你而佈置的十層樓上
最近我們時常不期而遇
看你不曾展露歡愉的眼神更憂悶
是因你一向關切的民眾市聲
和你高高隔離吧

角度

遙遠的星光特別燦爛嗎
如果照不見腳下的土地
那是為誰而炫耀
遨遊的眼界特別開闊嗎
如果無視於身邊的山川
是否隱含倨傲

我也常無比傾慕
聆聽世界風潮的滔滔論述
只是有些質疑
沒有立足點

候鳥般飄忽來去的蹤跡
每一處都是異鄉都是邊陲

其實我更常怯怯質疑自己
長年守住村莊的田土
是否如人議論的褊狹

在反覆對照思量中
或許不妨這樣說
每片田園四時變換的風姿
每株作物開展出去的角度
也可以詮釋豐富的國際意涵

如果我有什麼褊狹
反而是對於立足的土地
愛得還不夠深沉

作者簡介

吳晟，本名吳勝雄，一九四四年生，台灣彰化縣人，屏東農專畜牧科畢業，美國愛荷華大學國際寫作計畫訪問作家，曾任溪州國中生物科教師，現專事耕讀。

吳晟擅長詩及散文，寫作題材集中於農村生活體驗、自然人文關懷、親友情感抒發等。他的詩，在平淡中蘊藏深厚感情，在淺白中寓有強烈批判，對於社會現實、土地倫理，尤多關注。著有詩集《飄搖裡》、《吾鄉印象》、《向孩子說》、《吳晟詩選》等，散文集《農婦》、《店仔頭》、《無悔》、《不如相忘》、《筆記濁水溪》等。

作品賞析

吳晟，是台灣的農村詩人，他的詩作一貫展現泥土味及汗水味，語言樸實真摯，內容與土地、生活息息相關。他的詩，不以語言華麗、意象繁複取勝，而是以深沉的靈視和火熱的愛感動讀者。

〈我時常看見你——再致賴和〉這首詩，是吳晟少見的以歷史人物為題詠對象的詩。賴和(1894–1943)，被譽為台灣新文學之父，他年輕時習醫，曾前往廈門博愛醫院任職，一九一九年回台，在故鄉彰化行醫，對於孤弱勞苦的病患相當恩慈，受到彰化人的尊敬；行醫之餘，賴和同時積極參與台灣文化、文學與社會運動，一九二三年因「治警事件」入獄、一九四一年十二月又再度被捕入獄，獄中以草紙撰述〈獄中日記〉，反映被殖民者的悲哀，後因病重出獄，於一九四三年逝世。吳晟這首詩，就是以賴和的一生行誼為基礎，寫出他對前賢的懷念、尊敬，首節交代賴和在醫療、社會運動和文學發展的歷史貢獻，接著鋪陳具體事例凸顯賴和事功，詩人不時反覆「我時常看見你」之句，益見孺慕之深，也有效式賴和風範的自許。是一首相當感人的作品。

〈角度〉是一首議論之詩，也是詩人自剖文學理念與觀點的作品，在這首詩中，吳晟針對本土化與全球化的議題，進行思辨，他質疑「遙遠的星光特別燦爛嗎／如果照不見腳下的土地／那是為誰而炫耀／遨遊的眼界特別開闊嗎／如果無視於身邊的山川／是否隱含倨傲」，顯然是針對部分將鄉土寫實與台灣愛視為「褊狹」，而以追隨國際風潮為務的論述而發。這首詩反覆論證，辯難，無非在闡述詩人以土地和鄉土為立足點的書寫觀，「如果我有什麼褊狹／反而是對於立足的土地／愛得還不夠深沉」，是一種自嘲，也是堅定的自許。

◆延伸閱讀

1. 許南村，〈試論吳晟的詩〉，《文季》一二期，一九八三年六月，頁一六—四四。
2. 宋田水，《吾鄉印象中的鄉土美學論——論吳晟》，前衛出版社，一九九五年。
3. 施懿琳，〈稻作文化蘊育下的農民詩人——試析吳晟新詩的性格特質與批判精神〉（上），《台灣新文學》九期，一九九七年十二月，頁三一五—三三一；（下），《台灣新文學》一〇期，一九九八年六月，頁三二二—三三七。
4. 施懿琳，〈從隱逸到激越——論吳晟詩的政治關懷〉，《台灣現代詩經緯》，聯合文學，二〇〇一年，頁二七一—三一四。

5. 陳文彬，《從《吾鄉印象》到〈再見吾鄉〉——以台灣農村社會發展論吳晟詩寫作》（世新大學社會發展研究所碩士論文），二〇〇三年。

飲之太和（四首選二）

蕭蕭

第一首

所有的傷口隨著我
坐下來
草隨著風
坐下來，並且向四周
翻滾而去，直到冥冥漠漠
那一線
天，坐下來
以最靜的一片藍舔著我的傷口

雲
轟然湧現
雲
寂然
而逝

第二首

林葉微微一動
可以聽得見息息
息息的聲音
可以聽得見，偶然
遠處，三兩聲吆喝
沒有鳥飛出

解嚴以後

鐵蒺藜
從海邊
湧向街口

錄影機
從街口
辨認人頭

有些石頭靜靜坐在咖啡杯裡
有些木頭默默走過

作者簡介

蕭蕭，本名蕭水順，一九四七年生，台灣彰化人。台灣師範大學國文研究所碩士。曾任再興中學、景美女中、北一女中、南山中學教師，輔仁大學、東吳大學講師，《詩人季刊》、《台灣詩學季刊》主編、明道大學中文系教授。

蕭蕭的詩，有社會面向的作品，關懷台灣風土人情；有美學面向的作品，擅長駕馭文字、安置文字，企圖在空間上伸展到無極之處，再以簡潔而凝鍊的意象化入空白之境，所以能予人禪境的寧謐、禪悟的欣喜，著有詩集《悲涼》、《緣無緣》、《雲邊書》、《皈依風皈依松》、《凝神》等。另有《現代詩學》、《台灣新詩美學》等五十七冊著作，編輯《新詩三百首》、《台灣現代文選　散文卷》等三十三種書籍。

作品賞析

蕭蕭的詩，從傳統詩歌的長廊走來，也向當代社會的燈火探問。他的詩早期有現代主義流風，近期詩作則有禪悟靜定的智慧與美感。

〈飲之太和〉是蕭蕭有名的禪悟之詩，禪的開悟強調萬法都在自心，若能自心見性，就能領悟佛理。這首詩題出自唐司空圖《二十四詩品》〈沖淡〉：「素處以默，妙機其微。飲之太和，獨鶴與飛。猶之惠風，荏苒在衣。閱音修篁，美曰載歸。遇之匪深，即之愈希。脫有形似，握手已違。」也具有濃厚禪意。

這首詩原有四首，都意圖表現真實與指涉之間的若即若離關係（遇之匪深，即之愈希），這裡選其中一、二兩首。第一首中，詩人以「所有的傷口隨著我／坐下來」鋪陳一個連綿不斷，直到冥冥漠漠的「那一線／天，坐下來」，讓天「以最靜的一片藍舔著我的傷口」，從我到草到天，展現了廣漠無邊的氣象，以及無聲的靜寂，接著詩末忽然出以「雲／轟然湧現／雲／寂然／而逝」作結，先是轟然的雲，再是雲的寂然之逝，就在雲的動靜變幻中顯現了筆力萬鈞的禪機，傷口與天，暗喻鬱結和澄明，雲的來去，則是放捨的過程。此詩第二首也是，詩境略似柳宗元〈江雪〉：「千山鳥飛絕，萬徑人蹤滅」，詩以「林葉微微一動／可以聽得見息息／息息的聲音」起，結於「遠處，三兩聲吆喝／沒有鳥飛出」，正是「素處以默，妙機其微」的具現。

〈解嚴以後〉寫一九八七年台灣解除戒嚴初期社會運動頻仍的台北街頭景象，詩人採取詼諧筆調，用鏡頭處理所見，語言簡潔素樸，卻能掌握主要意象，「鐵蒺藜」、「錄影機」、「街口」、「人頭」等都是示威場面的主要圖像，群眾的抗議示威與警方的如臨大敵，交相映現。結句更如神來，「有些石頭靜靜坐在咖啡杯裡／有些木頭默默走過」，前者暗喻場外漠不關心者、後者則暗喻街上不必然認同示威訴求的行人。

延伸閱讀

1. 許悔之，〈讓詩停止流浪——蕭蕭《現代詩學》讀後〉，《文訊》，一九八七年八月，頁三〇一—三〇三。
2. 張默，〈垂今鈞古話蕭蕭——試論《緣無緣》詩集及其他〉，《台灣詩學季刊》一五期，一九九六年六月，頁一二三—一三一。

3. 李癸雲，〈風景與自我——蕭蕭《世紀詩選》導讀〉，《與詩對話——台灣現代詩評論集》，台南縣文化局，二〇〇〇年，頁五三—七五。

4. 陳政彥，《蕭蕭詩學研究》（中央大學中國文學研究所碩士論文），二〇〇二年。

5. 陳巍仁，〈羚羊如何睡覺〉，蕭蕭詩集《皈依風皈依松》，文史哲出版社，二〇〇二年，頁一三—三一。

暗房

李敏勇

這世界
害怕明亮的思想

所有的叫喊
都被堵塞出口

真理
以相反的形式存在著

只要一點光滲透進來
一切都會破壞

我聽見

我聽見
遙遠的呼喊
也許
從監獄的刑場
或
來自醫院的產房

孤寂的夜裡
我正讀著一首異國的詩
詩人
以語言的擔架
從刑場領回政治受難者

並為他施洗
但我寧願
在日出之前
護士們抱著新的生命輕輕舉起
嬰兒離開母親子宮的哭聲
其實是
女人的歡喜

◇作者簡介

李敏勇，另有筆名傅敏，一九四七年生，台灣屏東人。中興大學歷史系畢業，曾任《笠》詩刊主編、「台灣文藝」社長、台灣筆會會長、鄭南榕基金會董事長、現代學術研究基金會董事長。

李敏勇一九六〇年代末寫作迄今，擅長詩、隨筆、評論，題材著重於生活經驗，主張藝術與社會批判兼顧、美與淑世精神並重，他的詩具有明晰的意象、冷澈的思索，與對台灣土地的關愛。著有詩集《暗房》、《鎮魂歌》、《野生思考》、《戒嚴風景》、《傾斜的島》、《心的奏鳴曲》等，另有小說、散文、評論、研究集等多種。

曾獲「巫永福評論獎」、「吳濁流新詩獎」、「賴和文學獎」等獎項。

李敏勇曾自述：「每一首詩就像用語言文字種出來的花園，是『語字的花園』，每一個語字裡都有意義，有形象。」他的詩兼具圖像和思想，同時也擅長表現歷史和社會的寬廣格局，詩作帶有強烈的歷史感和人間性。

◇作品賞析

〈暗房〉收於《戒嚴風景》，詩人針對七、八〇年代台灣戒嚴體制本質，進行了冷靜而強烈的批判。這首詩以暗房的「黑暗」隱喻戒嚴統治下台灣社會的密不透光，「所有的叫喊／都被堵塞出口」，思想和言論自由遭到壓抑，因此「真理／以相反的形式存在著」，一如暗房底片的明暗倒逆，在這首詩中，「底片」以隱形意象呼之欲出，直到結句「只要一點光滲透進來／一切都會破壞」時方才浮出，一方面，確鑿突出暗房和底片的關係，一方面則又以「光」的滲透轉喻言論或思想的終不可壓制，總會「破壞」底片（負片）的沖洗過程，而使暗房的作用崩解。這是戒嚴年代一個詩人抵抗的見證，也是批判的見證。

〈我聽見〉這首詩，是李敏勇九〇年代發展出的新的詩風。在這首詩中，詩人以監獄刑場傳出的聲音，和醫院產房傳出的嬰兒誕生的聲音互為比對，兩組意象分別傳達死亡和新生、罪罰與恩慈、悲憤與感謝的意涵。詩人藉著他夜裡閱讀異國詩人充滿政治慰靈的詩篇的感觸，寫出了期許這個世界不再有政治冤獄，所有新生的生命都能自由呼吸的心願。「詩人／以語言的擔架／從刑場領回政治受難者／並為他施洗」，同時喻有詩人應敢於向不義抗爭，用詩作傳達人道理念的寓意。結句「嬰兒離開母親子宮的哭聲／其實是／

女人的歡喜」，生命的貴重和母親的歡喜，是詩人的禱祝，也是這個世界最美麗的聲音。

◇延伸閱讀

1. 李魁賢，〈論李敏勇的詩〉，《詩人坊》，一九八三年四月，頁五一—五八。
2. 林燿德，〈鐵窗之花：讀李敏勇詩集《暗房》〉，《文藝月刊》二〇七期，一九八六年九月，頁四六—五八。
3. 吳潛誠，〈政治陰影籠罩下的詩之景色——評介李敏勇詩集《傾斜的島》〉，《感性定位——文學的想像與介入》，允晨文化，一九九四年，頁一〇〇—一一一。
4. 吳潛誠，〈擦拭歷史、沖淡醜惡以及第三類選擇——閱讀李敏勇《心的奏鳴曲》〉，李敏勇詩集《心的奏鳴曲》，玉山社，一九九九年，頁七—一九。
5. 陳明台，〈抒情的變貌——淺論李敏勇的詩〉，《抒情的變貌：文學評論集》，台中市文化局，二〇〇〇年，頁二三二—二三五。

一封關於訣別的訣別書

羅青

卿卿如晤：
提起筆
就想給你寫信
抓起一張紙
三行兩行的
一寫就寫到了
這裡
既然寫到了這裡
也只有寫到
這裡了
就此打住
敬祝

平安愉快

意洞手書
民國七十五年
三月二十八日夜
西曆一九八六年
三月二十七日夜
黃曆四六八四年
三月二十六日夜

附筆：
信中所寫
絕對與信中
所沒有寫的
任何事物
無關

又及：
此信
萬一被
史學家
考古家
批評家
編選家
或偷窺狂
看到了
敬請
視而不見
高抬貴手

絕句

每一棵樹
都是一行會生長的絕句
枝椏間跳躍的鳥雀
是不斷移動的標點

◇作者簡介

羅青，本名羅青哲，一九四八年生於青島，湖南湘潭人。美國西雅圖華盛頓大學比較文學碩士，曾任教於台灣師範大學、政治大學、輔仁大學、明道大學，現專事文藝創作。

羅青兼擅詩、散文、評論與繪畫，七〇年代創辦《草根》詩刊，發表〈草根宣言〉，主張現代詩的回歸傳統，八〇年代中期提倡後現代詩、都市詩、錄影詩等。他的詩被譽為「新現代詩的起點」，於理性之中帶有批判、顛覆，語言明朗但多轉折而富諧趣。著有詩集《吃西瓜的方法》、《神州豪俠傳》、《捉賊記》、《水稻之歌》、《錄影詩學》等多種。曾獲第一屆「中國現代詩獎」。

◆作品賞析

羅青於七〇年代的台灣詩壇崛起，他的《吃西瓜的方法》一出，立刻受到詩壇矚目，余光中更以「新現代詩的起點」譽之，認為羅青的出現「象徵著六十年代老現代詩的結束，和七十年代新現代詩的開始」。余光中指出，羅青的創作手法，「是在知性的軌道上行駛感性」，是「感性的思索」，通過推理，賦予哲理，正是羅青特異於同輩和前輩詩人的特色。

〈一封關於訣別的訣別書〉，是羅青繼《吃西瓜的方法》之後，以後設筆法踐履他的後現代詩的另一個新的開始。此詩模擬林覺民給愛妻意映卿卿的信，製造出一個新的本文，信的主文「提起筆／就想給你寫信／抓起一張紙／三行兩行的／一寫就寫到了／這裡／既然寫到了這裡／也只有寫到／這裡了／就此打住」其實毫無內容，與林覺民〈與妻訣別書〉的悲壯情懷，形成強烈對比，因此解構了林覺民訣別書的正典性；「附筆」與「又及」部分則以諧謔筆調強調「信中所寫／絕對與信中／所沒有寫的／任何事物／無關」，並嘲諷史學家、考古家、批評家、編選家如同「偷窺狂」。表面上這是一首遊戲之作，缺乏一切被視為正典的意義或意旨，卻對人們習以為常的「訣別書」之莊重性進行了無情的解構，指出歷史或常識的可被重寫，真理和常識虛假，在形式和內容部分也意圖凸顯這種嘲諷。

〈絕句〉是羅青近期作品，與八〇年代醉心「後現代狀況」的詩風不同的是，此時羅青似乎又回到以意象鋪排為依歸的年代。「每一棵樹／都是一行會生長的絕句／枝椏間跳躍的鳥雀／是不斷移動的標點」四句，乾淨俐落地將樹與鳥的關係，換置為絕句與標點的新關係，反之，亦是，因此形成出奇、秀絕的想像空間。

◆延伸閱讀

1. 余光中，〈新現代詩的起點：羅青的《吃西瓜的方法》讀後〉，《中國現代文學大系》評論卷，九歌出版社，二〇〇三年七月，頁二一六—四八。
2. 林明德，〈肯想能想想得美想得妙的詩論家：羅青〉，《文訊》一七期，一九八五年四月，頁二〇三—二〇九。
3. 白靈，〈藝術頑童冷眼看：試論羅青的新詩〉（上），《藍星詩刊》三期，一九八五年四月，頁七六—八七；（下），《藍星詩刊》四期，一九八五年七月，頁八七—一〇三。
4. 林燿德，〈前衛海域的旗艦：有關羅青及其「錄影詩學」〉，《文藝月刊》一九八期，一九八五年十二月，頁五二—六二。

蕃薯

鄭炯明

狠狠地
把我從溫暖的土裡
連根挖起
說是給我自由

然後拿去烤
拿去油炸
拿去烈日下曬
拿去煮成一碗一碗
香噴噴的稀飯
吃掉了我最營養的部分
還把我貧血的葉子倒給豬吃

對於這些
從前我都忍耐著
只暗暗怨歎自己的命運
唉，誰讓我是一條蕃薯
人見人愛的蕃薯

但現在不行了
從今天開始
我不再沉默
我要站出來說話
以蕃薯的立場說話
不管你願不願聽

我要說
對著廣闊的田野大聲說
請不要那樣對待我啊

我是無辜的
我沒有罪！

誤會

那個藝人，滿身大汗的
在熱鬧的廣場上
表演他的絕技

他靜靜地立在那兒
突然，像隨風飄起的一片羽毛
停留在空中翻筋斗
然後落下
兩手撐著地面
成為倒立的姿勢

看著周圍驚訝的人群
我以為他是在用另一種角度
來瞭解這世界，然而
他的夥伴卻說：
他只是想試試他的力量
能否舉起地球罷了

◆作者簡介

鄭炯明，一九四八年生，台灣台南人。中山醫學院畢業，曾任高雄市立大同醫院內科主治醫師、「笠詩社」社長，現為文學台灣基金會、鍾理和文教基金會董事長。

鄭炯明於一九六八年加入「笠詩社」，其後又與曾貴海、陳坤崙等創辦《文學界》、《文學台灣》雜誌，對文學傳播著有貢獻。他的詩具有診療台灣社會疾苦的企圖，關注社會低下階級以及台灣政治亂象，同時筆下也對台灣主體認同著墨甚多。著有詩集《歸途》、《悲劇的想像》、《蕃薯之歌》、《最後的戀歌》等多種。

曾獲「吳濁流新詩獎」、「鳳邑文學獎」、「南瀛文學獎」等獎項。

◆作品賞析

鄭炯明的詩，總是以醫者之眼，凝視台灣社會與現實，蘊含有強大的人道主義精神和悲憫情懷，他的詩作，對於台灣政治也毫不迴避，〈蕃薯〉這首詩以「蕃薯」為主要意象，寫戒嚴年代台灣社會的苦悶、憤怒和自覺，深刻動人。詩一開頭假蕃薯口吻指控威權統治者「狠狠地／把我從溫暖的土裡／連根挖起／說是給我自由」，就極具反諷效果，接著又說被拿去烤、拿去油炸、拿去烈日下曬、拿去煮成一碗一碗香噴噴的稀飯，「吃掉了我最營養的部分／還把我貧血的葉子倒給豬吃」，在模擬蕃薯為人所「用」的過程中，寫出了蕃薯不由自主的悲哀。接著，詩人筆鋒一轉，強調「我不再沉默／我要站出來說話／以蕃薯的立場說話」，轉喻大聲批判和爭取自主的心聲。詩作到此，忽又以「我要說／對著廣闊的田野大聲說／請不要那樣對待我啊／我是無辜的／我沒有罪！」作結，使全詩出現自嘲自諷的諧趣，在自嘲中展現蕃薯的悲哀，在諧謔中則又有不再甘於忍受的勇健。

〈誤會〉則是觀照哲理的佳作。詩人以幽默的筆調，描述賣藝人在廣場上的表演，賣藝人以其絕技〈倒立的姿勢〉獻藝，本來是被觀看者，此詩第一段卻翻轉了他的處境，使觀眾反而成為被觀看者，於是主體、客體互換，產生詩的趣味；到第二段，詩人的視角介入，賣藝人的倒立，被解釋成「用另一種角度／來瞭解這世界」，第三者的詮釋一出，賣藝人的主體位置因此再度翻轉為客體。詩作到此，已經相當豐富，詩末出現的他的夥伴說「他只是想試試他的力量／能否舉起地球罷了」，在讓讀者產生驚奇的閱讀感覺之餘，更使此詩的思想高度和想像空間由廣場拉開到地球。倒立、用另一種角度瞭解世界，乃至於試著舉起地球，這是本詩提出的三種不同詮釋角度，分由賣藝人、我以及他的夥伴提出，因而充滿趣味，也暗示理未易明，觀看的立場或角度不同，詮釋自然分歧。

◇延伸閱讀

1. 陳明台，〈鄭炯明的詩〉，《笠》二九期，一九六九年二月，頁四四。
2. 林文欽，〈笠社詩人鄭炯明作品中的現實關懷〉，《高雄師大學報》一三期，二〇〇二年四月，頁六七─八一。
3. 趙天儀，〈現實的邊緣──評鄭炯明詩集《歸途》〉，《時間的對決──台灣現代詩評論集》，富春出版社，二〇〇二年，頁二九三─三〇四。
4. 趙天儀，〈從現實到理想──評鄭炯明詩集《蕃薯之歌》〉，《時間的對決──台灣現代詩評論集》，富春出版社，二〇〇二年，頁三〇五─三一六。

獸

蘇紹連

我在暗綠的黑板上寫了一隻字「獸」，加上注音「ㄕㄡˋ」，轉身面向全班的小學生，開始教這個字。教了一整個上午，費盡心血，他們仍然不懂，只是一直瞪著我，我苦惱極了。背後的黑板是暗綠色的叢林，白白的粉筆字「獸」蹲伏在黑板上，向我咆哮，我拿起板擦，欲將牠擦掉，牠卻奔入叢林裡，我追進去，四處奔尋，一直到白白的粉筆屑落滿了講台上。

我從黑板裡奔出來，站在講台上，衣服被獸爪撕破，指甲裡有血跡，耳朵裡有蟲聲，低頭一看，令我不能置信，我竟變成四隻腳而全身生毛的脊椎動物，我吼著：「這就是獸！這就是獸！」小學生們都嚇哭了。

七尺布

母親只買回了七尺布，我悔恨得很，為什麼不敢自己去買。我說：「媽，七尺是不夠的，要八尺才夠做。」母親說：「以前做七尺都夠，難道你長高了嗎？」我一句話也不回答，使母親自覺地矮了下去。

母親仍然按照舊尺碼在布上畫了一個我，然後用剪刀慢慢地剪，我慢慢地哭，啊！把我剪破，把我剪開，再用針線縫我，補我，……使我成人。

歌與哭

生時不須歌；我的小小的腳掌是

野雁的影子掠過我生存的土地
它沒留下任何腳印

死時不須哭；我的斑白的額髮是
芒草花最茂密時土地最貧瘠
它把整個眼裡的淚都染白

◆作者簡介

蘇紹連，另有網路筆名米羅・卡索，一九四九年生，台灣台中人。台中師範學院畢業，國小教師退休，現專事寫作。

蘇紹連自一九六八年寫作迄今，為「後浪詩社」創社者之一，九〇年代參加《台灣詩學季刊》，目前負責該刊網路版版主。他的詩善於使用超現實筆法，表現現實人生的悲劇本質，早年以散文詩形式受到矚目，近期則面對台灣鄉鎮生活、兒童心靈和生命問題進行批判；此外也在網路數位詩的實驗和表現上開拓新路。著有詩集《茫茫集》、《童話遊行》、《河悲》、《驚心散文詩》、《我牽著一匹白馬》、《隱形或者變形》、《台灣鄉鎮小孩》、《雙胞胎月亮》等多種。

獲有「創世紀詩獎」、台中市「大墩文學貢獻獎」等多種獎項。

◆作品賞析

蘇紹連以散文詩馳名詩壇，他曾自述自小的夢想是「將自己隱形與變形」，他的散文詩以《隱形或者變形》詩集名稱出現，大概也說明了蘇紹連散文詩的兩大特質。隱形，是消失於人前，隱藏於某一特定或不特定的空間或物體中，因此可以觀照主體以外的世界；變形，則是幻化或改易形體為其他物種或形體，藉以變幻角色，體驗客體經驗與環境。

閱讀蘇紹連散文詩，這或許是一個切入的途徑。〈獸〉這首詩就是變形之詩，在詩中，詩人巧設一個小學老師，在暗綠的黑板上寫了一隻字「獸」，加上注音「ㄕㄡˋ」，教學生這個字。但學生仍然不懂，苦惱至極的老師面對暗綠色的黑板，連同粉筆字「獸」忽然向他咆哮，並奔入黑板的叢林裡，等他從黑板奔出來時，竟變成四隻腳而全身生毛的脊椎動物，他吼著：「這就是獸！這就是獸！」小學生終於懂了，卻也嚇哭了。這首詩相當魔幻，但也寫實，人人心中都有個「獸」字，人性底層的卑污，在這首詩中以變形的型態出現，教導學生了解何者為「獸」的老師，瞬間也可能是嚇哭學生的獸，這是本詩指涉的意涵之一，也隱喻了台灣教育的變質，但就詩而言，奇詭的想像力和變形的巧置，使此詩既荒謬又真實。

〈七尺布〉的情節也採用變形思索，詩中的我因為母親只買回七尺布，而非符合此刻身高需要八尺布而懊惱。等到母親仍照舊尺碼在布上畫了一個我之後，我慢慢地哭了，並且喊叫「啊！把我剪破，把我剪開，再用針線縫我，補我，……使我成人」。這首詩，從表象上看，是一首歌頌母愛的詩，但若就「使我成人」的題旨看，七尺到八尺的成長，母親無法了解，母親的剪裁縫補，依舊依照七尺度量，暗示在父母眼中，孩子永遠長不大；相對的，是孩子自認已經長大，且急於成人，他的哭號，表現出了和上一代相反的思維——衝突於是出現，變形的需求，和主體自我的亟欲掙脫，成就了這首詩的豐富底蘊。

〈歌與哭〉是近期作品，變形與隱形的複雜思維到此褪盡，這首小詩以生死為題材，生不須歌，死不須哭，野雁與芒草最清楚。生死智慧，於短短六行中閃出光芒。

◆延伸閱讀

1. 林燿德，〈黑色的自由書：蘇紹連風格概述〉，《文藝月刊》二〇八期，一九八六年十月，頁四四—五八。
2. 蕭蕭，〈蘇紹連的生命主軸與藝術工程〉，《自立晚報・副刊》，一九九九年五月二十七日~六月五日。
3. 朱雙一，〈我的肚腹發散出螢螢的綠光——蘇紹連論〉，《台灣詩學季刊》二十七期，一九九九年六月，頁一七〇—一七四。
4. 李癸雲，〈蘇紹連詩中的存在悲劇感〉，《與詩對話——台灣現代詩評論集》，台南縣文化局，二〇〇〇年，頁一三一—一六三。
5. 丁旭輝，〈從蘇紹連的〈七尺布〉談起〉，《國文天地》一七卷二期，二〇〇一年七月，頁五七—六〇。

絕望

馮青

像被拉長的月亮
它遞給你一雙絕望的手套
不知道編號多少的孤寂
沒有地方安放冷或者熱望
絕望會是座大穀倉嗎？
它孵化著宇宙裡最肥的蟲卵
你試圖只吃一小口是不夠的
彷彿有一張遺產的清單
最優惠的受益人在小提琴裡衰竭
而我確實經常握著那只陶杯
向裡張望時嗅到黑闃闃海的體味

強大的封閉及吶喊
不詳的氣味四處飄散
你擦拭一種腥色的碘酒
表演苦澀地劇情　探觸到內在的
一聲尖叫
而絕望是人類活動中的金屬
誰說不是呢？
它是戀人也是野蠻的殺人族
它是假的死亡與貧苦的子嗣
它在我的體內造成了殿堂及鐘聲
讓我學會如何去生病　以及
痊癒
我跋涉自己的回聲
在最後的一座村落
沒有人也沒有燈

◆作者簡介

馮青，本名馮靖魯，一九五〇年生，江蘇武進人。中國文化大學歷史系畢業，曾任《商工日報》副刊編輯，現專事寫作。

她的詩，常以簡單句法、空靈意象以及特殊氣氛的經營，表現出冷凝的理性，早期從現代主義、存在主義擷取養料，近期則針對現實社會與中產階級文化提出批判。著有詩集《天河的水聲》、《雪原奔火》、《快樂不快樂的魚》等多種。

曾獲「吳濁流新詩獎」。

◆作品賞析

洛夫曾經指出，馮青的詩特色是「簡單的句法，空靈的意象以及特殊氣氛的經營」，足以顯示她的語言感性。這是早期的馮青。近期的馮青，在這個語言基礎上，探看現實與人性底層，也有精湛的表現。

在〈絕望〉這首詩中，馮青處理甚難處理的心理絕境，她以一貫冷冽的凝視筆法，將「絕望」的心境具象化，絕望或者「像被拉長的月亮」、或者像一座「大穀倉」，都是相當鮮明傳神而又具有想像力的意象語，因此月亮遞來的是「一雙絕望的手套」，大穀倉則「孵化著宇宙裡最肥的蟲卵」，這都傳神地寫出了絕望的「絕」的本質。但這樣還不夠，詩人又將絕望進一步形容為「黑闃闃海的體味」，讓人嗅到「強大的封閉及吶喊／不詳的氣味四處飄散」，「絕望是人類活動中的金屬」，「它是戀人也是野蠻的殺人族／它是假的死亡與貧苦的子嗣／它在我的體內造成了殿堂及鐘聲」，絕望因此也就擁有了毀滅和救贖的雙重力量，可以讓人「學會如何去生病　以及／痊癒」。詩人在這裡表現了她駕馭意象以傳達詩思的高度能力，描述精神與心理狀態的詩並不易寫，但這首以「絕望」為題的詩卻讓我們看到了以詩挖掘內在的希望。

詩末三行「我跋涉自己的回聲／在最後的一座村落／沒有人也沒有燈」，則出以淺淡語言，寫出了絕望「在最後的一座村落」，那裡「沒有人也沒有燈」孤獨、冷寂的末路之感。

◆延伸閱讀

1. 蕭蕭，〈淺談馮青的詩〉，馮青詩集《天河的水聲》，爾雅出版社，一九八三年，頁二一九—二二六。
2. 林燿德，〈永遠的魚拓——論馮青的詩〉，《快樂或不快樂的魚》，尚書出版社，一九九〇年，頁五—一〇。
3. 李癸雲，《詩和現實的辯證——蘇紹連、馮青、簡政珍之研究》（東海大學中國文學研究所碩士論文），一九九六年。
4. 李癸雲，〈現實底下的潛航——馮青詩研究〉，《與詩對話——台灣現代詩評論集》，台南縣文化局，二〇〇一年，頁一六五—二二〇。

煤

——寫給一九八四年七月煤山礦災死難的六十七名礦工

杜十三

孩子
我們生命中的色彩
是注定要從黑色的地層下面　挖出來的
家裡飯桌上　綠色的菜
白色的米
街頭二輪的彩色電影
媽媽的紅拖鞋
姊姊的綠色香皂
還有你的黃色書包
都是需要阿爸　流汗
從黑色的洞裡　挖出來的

今後阿爸不再陪你了
因為阿爸要到更深　更黑的地方
再為你　挖出一條
有藍色天空的路來

阿爸，你不要再騙我了
家裡面所有的色彩
其實，都是假的
我早就知道
家裡的飯菜是煤做的
媽媽的笑容姊姊的衣裳
還有我的課本和鉛筆……
統統都是煤做的
甚至連您啊　我想念的阿爸
不也是煤做的嗎？
他們說：煤不再值錢了
可是　阿爸

我卻寧願丟掉所有的色彩
陪著媽媽　姊姊
守在洞口
拚命的用眼睛去挖　去挖
挖出一具
黑色的
阿
爸

出口

啊
你看
在前方
在天空裡

在我們體內
一群鷹在飛翔
從黎明飛到黑夜
從前世低飛到此生
飛過的軌跡導引星座
排列成你我今世的命運
那群鷹在你心中築巢已久
我們豐饒的慾望是牠的母親

我們豐饒的慾望是牠的母親
那群鷹在你心中築巢已久
排列成你我今世的命運
飛過的軌跡導引星座
從前世低飛到此生
從黎明飛到黑夜
一群鷹在飛翔
在我們體內

在天空裡
在前方
你看
啊

作者簡介

杜十三，本名黃人和，一九五〇年生，二〇一〇年卒，台灣南投人。師範大學化學系畢業。曾任中學教師、廣告公司企劃，曾任職於中華經濟研究院。

一九八二年起，他以「杜十三郵遞觀念藝術探討展」踏入文壇與藝壇，他的興趣廣泛，以詩歌、散文創作為主，旁及繪畫、造形藝術、小說、劇本、設計與歌曲創作；作品形式則包括出版、展覽、演出與設計，是一個前衛色彩濃厚的詩人藝術家。著有詩集《人間筆記》、《地球筆記》、《行動筆記》、《嘆息筆記》、《愛情筆記》等多種。

作品賞析

杜十三，不僅是詩人，也是多元的創作者及藝術家，他的詩，表現了他對藝術的忠誠，他的藝術則表現了他的詩的敏銳。這裡選他的兩首詩作，在形式和內容上都大不相同，一以現實主義筆法，表現對鄉土和弱勢階級的強烈關懷；另一首則以現代主義技巧，結合形式圖像來表現。兩者一樣的是生活經驗的重視和語言的靈活。

〈煤〉這首詩副題「寫給一九八四年七月煤山礦災死難的六十七名礦工」，說明此詩之有感而發，本身採取對話結構表現，首節以罹難者的礦工身分發聲，強化礦工職業的辛酸，「生命中的色彩／是注定要從黑色的地層下面　挖出來的」，至為沉痛；次節則以罹難者的孩子身分發聲，與父親對話，詩人刻意採取童稚語調，要父親不用騙他，因為家中的一切「統統都是煤做的」，「甚至連您啊　我想念的阿爸／不也是煤做的嗎？」詩來到此，透過對話，既顯示父子情深，也使讀者為之惻然。末節以孩子「寧願丟掉所有的色彩」，陪著媽媽、姊姊守在洞口「拚命的用眼睛去挖去挖／挖出一具／黑色的／阿／爸」，而使全詩悲劇氣氛到達高潮。這是寫實之詩，又因詩人採取劇場對話表現，因此更能發揮出之以景、動之以情的渲染力量。

〈出口〉是明顯的圖像詩，本詩以山的形狀排列，左右對稱，形成圖像美感，右側爿，從第一行一字，依序增加到第十二行十二字；左側爿，則根據右側爿迴環倒敘，形成回文效果，使此詩可以由左唸到右側，亦可由右往左唸，具有閱讀趣味和遊戲效果。群鷹飛翔，是詩中的關鍵用語，而以「我們豐饒的慾望是牠的母親」為轉折，意象簡單，但詩題「出口」則使這些意象暗示了慾望的反覆迴轉，終無出口。詩的妙境，由此浮出。

◆延伸閱讀

1. 白靈，〈詩的複數化：讀杜十三詩集《人間筆記》〉，《藍星詩刊》二期，一九八五年一月。
2. 瘂弦，〈大眾傳播時代的詩——有聲詩集《地球筆記》的聯想〉，《中華現代文學大系・評論卷》，九歌出版社，一九八九年，頁一一三九—一一四五。
3. 章亞昕，〈第三波詩人——杜十三論〉，《創世紀》一〇五期，一九九五年十二月，頁七九—八三。
4. 羅門，〈杜十三作為詩人的存在——他內層創作生命的基本面〉，《台灣詩學季刊》二五期，一九九八年十二月。

風箏

白靈

扶搖直上，小小的希望能懸得多高呢
長長一生莫非這樣一場遊戲吧
細細一線，卻想與整座天空拔河
上去再上去，都快看不見了
沿著河堤，我開始拉著天空奔跑

山寺

鐘
因謙虛而被敲響

青苔因疑惑
而美如絲綢
心似木魚，暗暗遭禱念聲
洗劫一空
霧久據不去
寺尖隱隱約約

這荒涼
如小小的睡眠

◇作者簡介

白靈，本名莊祖煌，一九五一年生，福建惠安人。美國史蒂文斯理工學院化工碩士，曾任中山科學研究院助理研究員，曾任教於台北科技大學化工系。

白靈擔任過《草根》詩刊主編、《中華現代文學大系》詩卷編委、《台灣詩學季刊》主編，並創辦「詩的聲光」，是相當活躍的詩人。他的詩題材豐富多元，從個人情懷到市井生活、從政治社會到科技世界，多能表現，而技巧也雜揉多出，能開創新路。著有詩集《後裔》、《大黃河》、《沒有一朵雲需要國界》、《妖怪的本事》等多種。

曾獲「梁實秋文學獎」、「創世紀詩獎」、「國家文藝獎」等多種獎項。

◆作品賞析

白靈早期的詩多半出以大敘述，對家國、時代有沉重寄寓，且多屬長篇，近期以來則寫了一系列「五行詩」，提倡小詩書寫，五行寫宇宙，一沙一世界，詩的意象晶瑩，指涉精準，這裡選的〈風箏〉即其代表之作。

此詩以風箏的扶搖直上，寫希望的高懸，第二行立刻召回現實，「長長一生莫非這樣一場遊戲吧」，景與情的對比，把放風箏的心境寫得頗為妥貼。但如果此詩沿此脈絡發展，勢必流俗，因此詩人筆鋒轉到風箏線上，「細細一線，卻想與整座天空拔河」，風箏線的細線與整座天空的敻大，「拔河」之用，使這首詩產生了張力與美感；第四行「上去再上去，都快看不見了」用兒童語調，又拉回現實，但更見活潑，最後一行「沿著河堤，我開始拉著天空奔跑」，則氣勢宏大，使本詩的境界與格局，一如風箏之飛，弗弗烈烈。

〈山寺〉也是一首小詩，但多於五行，這首詩，意象單純，接取自山寺，鐘聲、青苔、木魚、霧、寺尖共組了詩的世界，使整首詩境表現寧靜、古樸和朦朧的感覺，猶如一幅淡彩水墨，有行雲流水的飄逸之感。詩人在語境上也見巧思，如「鐘／因謙虛而被敲響／青苔因疑惑／而美如絲綢」，「心似木魚，暗暗遭禱念聲／洗劫一空」，用的都是險語卻又靈活而有新意。詩末「這荒涼／如小小的睡眠」也是神來之筆，山寺的荒涼與小睡的慵懶，暗示著心境的荒涼，更暗示著生命的頓悟。

◆延伸閱讀

1. 林燿德，〈鐘乳石下的魔術師——簡介白靈的詩觀與詩作〉，《文藝月刊》一九六期，一九八五年十月，頁四二—五四。
2. 許悔之，〈一個持續的故事——試論白靈的詩〉，《藍星》一二期，一九八七年七月，頁一一八—一三三。
3. 游喚，〈白靈論〉，《文學批評的實踐與反思》，台中縣立文化中心，一九九三年，頁三一六—三一九。
4. 杜十三，〈白靈詩作的時間性、空間性與人間性〉，《台灣詩學季刊》三一期，二〇〇〇年六月，頁一九八—二〇五。

特技家族（九首選五）

零雨

4

一張口，就吐出
火焰。為了四處的黑暗
為了黑暗來得
太早為了

向你挑釁。從體內
自動燃燒從扭曲的甬道
竄出越過廣場為了

每一個著火的人認出了
同路人

6

頭與手臂之間。火是翅膀。旋轉
頭。手臂
平衡。找到方向
擺蕩在樓梯與
街道之間。一個傴僂的人
走向黃昏的廣場
擺蕩。遠方的鴿群
振翼並啣接他們的臂膀

旋轉。火。旋轉。所有的翅膀
飛向空中。手臂。所有手臂
舉起。頭舉起。傳達一個
淨土的信仰。舉起。火。舉起
翅膀。鴿群返回並棲止於籠中

所有的人傴僂走離黃昏的廣場

7

我完全知道命運　如何
掌握兩隻手

右手拋出　悲　左手
拋出　喜　右手拋出
悲　左手拋出　喜
悲　喜　悲　喜
右手左手右手左手
悲喜悲喜悲悲喜喜
右左右左右右左左
手手手手手手手手

我完全不知道命運　如何
掌握兩隻手

8

十幾隻手確實是十幾隻手伸進來
拉我刺我捶我戳我捏我

我退到黑暗的角落再退到黑暗
的角落黑暗的角落黑暗

角落檢查我的肉體。肉體它
沒有傷口只是沒有理由地生出
翅膀生出翅膀

一躍而出我在掌聲中一躍而出把
昨日的我留在那裡我只是把
昨日的我留在

那
裡

9

於是鬆了綁
留下一根迅速癱瘓的繩子

推開門再推開門門外是一個門
的世界推開門再推開門走下
一個狹小的樓梯間推開門
再推開門。走上一個狹小的樓梯間
推開門再推開門。上面
是一個門的世界——推開門

再推開門眺望門外到達不了的地域
推開門
再推開門

觸摸到一根黑暗中的繩索
緩緩捆綁自己

◆作者簡介

零雨，本名王美琴，一九五二年生，台灣台北人。台大中文系畢業，美國威斯康辛大學東亞文學碩士。曾任《現代詩》主編、《國文天地》副總編輯，現任教於國立宜蘭大學。

零雨從一九八三年開始創作，她的詩具有冷凝靜定的特質，對於現代社會人的處境尤其能敏銳感應，總是質問存在與虛無的課題，表現出了末世紀的感覺。著有詩集《城的連作》、《消失在地圖上的名字》、《特技家族》、《木冬詠歌集》等多種。

曾獲八十二年爾雅年度詩人獎。

◆作品賞析

零雨是晚發而成熟的詩人，她擅長以知性的筆觸處理感性題材，懂得如何切割、抽離感性，利用語言符碼、語境，營造動人的場景。〈特技家族〉這組組詩，充分表現了她的詩藝特質。

〈特技家族〉共有九首組詩，因為篇幅關係，這裡選錄其中五首。這首組詩如同素描本子，將特技家族的表演一一畫在紙頁上，表面上看似平凡的特技雜耍，經過詩人的勾勒，或淺或淡或濃或稠，都讓讀者過目難忘。詩的語言平實，但充滿詭奇的轉折；詩人不使用過多形容詞，透過知性的支架，宛如走索者，激發觀眾的情緒起伏。這是特具原創性的詩，新一代的詩。此外，這首組詩，也充滿劇場場景（6、9）、動作（4、6）與獨白（7、8），她的表現使平面的詩產生了立體的效果。

在形式的翻新和鋪排上，這首詩也有新意，特別又集中於6、7、8三首，如「頭與手臂之間。火是翅膀。旋轉／頭。手臂／平衡。找到方向」的斷句和句點使用，既切割詩內玩火雜耍動作，也切割詩和讀者的情緒，使產生心臟搏動的現場感覺；又如「右手左手右手左手／悲喜悲喜悲悲喜喜／右左右左右右左左／手手手手手手手手」則在視覺上產生極其逼真的魔術幻覺，這些實驗又與特技雜耍的屬性產生連結，因此臻於形式、內容相互詮釋的佳境。

這首詩除了技巧美學的實驗之外，事實上也暗喻著生命的「特技」無所不在，生命與表演，都猶如「觸摸到一根黑暗中的繩索／緩緩捆綁自己」，終至無所掙脫。詩的思想性，對於生命的無常和荒謬、無奈，由是盡出。

◆延伸閱讀

1. 楊小濱，〈表演與虛無——讀零雨詩集《特技家族》〉，《中國時報》，一九九六年七月十四日。
2. 莊裕安，《鷹架上的鴿子——《特技家族》》，《聯合報》，一九九六年七月二十二日。
3. 張芬齡，〈文字的走索者——讀零雨詩集《特技家族》〉，《現代詩》二九期，一九九七年，頁二六—二七。
4. 黃粱，〈想像的對話——零雨詩歌經驗模式分析〉，《想像的對話》，唐山出版社，一九九七年。

雨

沈花末

下雨的窗子
淡色的油彩緩緩飄下
想著昨夜吹過的風
半絲不留
一小枚記憶墜落
這麼微青的葉子
依舊乾淨的白色棉紙
暗黃的浮著憂鬱氣息

水滴繼續幻想
在沒有夢的夢裡

有人知道

安閑的天空裡其實沒有雲
沒有風的位子
一粒熱烈的種籽
在尋思一個處所
愁苦的感覺有人知道
一隻紋白蝶的羽翼
透明的淡黃色
像今日的天氣想要飛行
並不需要帶著星圖

經常左右盤旋的心
向來不會停駐
一個失去的人到底是誰
某些失去的事物
到底是什麼
倉惶的是什麼
太陽下紫青的細尖葉子
蟲咬的記號如金針密密
蝕刻的印痕
有人認為
沒有泥土的日子
一座孤獨的園圃裝滿了淚滴。

◇作者簡介

沈花末，一九五三年生，台灣雲林人。台大中文系畢業，曾任《自立晚報》副刊主編，現專事寫作。

沈花末詩與散文兼擅，她從十六歲開始寫詩，詩思細緻、感性敏銳，具有不落言詮、意在象外的語言處理能力，對於女性心理之描繪，尤其深刻；她善於連結圖像、感覺和意境，構成感人的篇章，是抒情詩高手，凝定而有寂靜之美。近年來則以自然書寫受到矚目。著有詩集《有夢的從前》、《每一個句子都是因為你》等多種。

曾獲「優秀青年詩人獎」。

◇作品賞析

〈雨〉這首詩寫的是雨天的心境，詩人不寫雨，而從窗子、風、微青的葉子、白色棉紙、水滴等意象切入，這些圖像看似隨手拈來，不著痕跡，卻在詩中有機地表現了詩人對雨、看雨的惆悵、微傷。「下雨的窗子／淡色的油彩緩緩飄下」，將雨中看雨的心情起落，通過油彩的緩緩飄下加以暗喻，接下來「想著昨夜吹過的風／半絲不留」更有著淒迷的失落，李義山「昨夜星辰昨夜風，畫樓西畔桂堂東」的悵然繾綣，幽淡入眼。這是歷來詩人的共同符號，但接著詩人寫出「一小枚記憶墜落／這麼微青的葉子」則一刷新境，眼下微青的葉子的嫩綠、青澀，與過往的記憶結合，打破了時空的侷限，在雨中交織出的憶念的悲與欣，因此昭然若揭；「依舊乾淨的白色棉紙／暗黃的浮著憂鬱氣息」也是。末句結於「水滴繼續幻想／在沒有夢的夢裡」順勢收縮，因此留有餘味。這首詩在顏色上也有值得一提之處，淡色的油彩、微青的葉子、白色的棉紙、暗黃的浮著憂鬱氣息等顏色都屬於冷淡色系，恰如其分地烘托了雨中心境。

〈有人知道〉延續著沈花末淡漠的抒情風，寫的是生命中的失落感和飄零感。這首詩以種籽尋覓土壤而終於找不到泥土的悵然，喻示現實情境和人生的諸多無奈，「安閑的天空裡其實沒有雲／沒有風的位子」，有天地之大，無可容身的浩嘆；「太陽下紫青的細尖葉子／蟲咬的記號如金針密密／蝕刻的印痕」則寫出了現實的冷酷，因此儘管種籽再熱烈，依然必須面對愁苦，詩後「有人認為／沒有泥土的日子／一座孤獨的園圃裝滿了淚滴。」別出心裁，暗喻沒有泥土就沒有園圃，沒有種籽，只有淚滴伴隨。這首詩以「有人知道」為題，寫的是現實生活中失業者的共同心境，也寫出了懷才不遇之人的微傷。

◇延伸閱讀

1. 吳錦發，〈如詩之河——評沈花末的《關於溫柔的消息》〉，《聯合文學》五卷八期，一九八九年，頁一九八—二〇〇。
2. 沈花末，《每一個句子都是因為你》，圓神出版社，一九九一年。
3. 盧春旭，〈沈花末在綠意光影中蘊釀詩句〉，《中華日報》，一九九七年十二月九日。
4. 向陽，〈夢中花樹：序沈花末散文集〉，沈花末散文集《加羅林魚木花開》，印刻出版社，二〇〇三年。

旅客留言

渡也

外面下著細雨，看起來似乎
車站在哭泣

旅客留言板上
有人用粉筆寫
　我不去了
也有人寫
　我先走了

走了的
要去哪裡
會不會回來呢

在幾個潦草的字跡下是一行
…………………………
看起來似乎
人生的淚水
快樂，還是悲傷的
淚水
或者只是細細的雨……

從不會答話的留言板
看起來似乎
很多人來過
月台卻空無一人

我站在留言板前
終於被粉筆舉起
要留話給誰呢
年老的母親

或者妻子、朋友
或者留話給這廣闊無邊的車站
木板椤椤地看我
看我久久寫不出一個字

外面下著細雨，看起來似乎
車站在流淚
如果，如果我留話給車站
車站也留話
給地球
地球也留話
給茫茫的宇宙……

一顆子彈貫穿襯衫
——紀念二二八罹難畫家陳澄波先生

一九四七年三月
一顆子彈突然貫穿襯衫
貫穿你的身體
貫穿嘉義

貫穿台灣美術史
啊，美噴出血來

你的一生被子彈強行帶走
而那件襯衫至今仍活著
彈孔，也活著

如果那彈孔是一顆眼睛
它已看透一切
如果那彈孔是一張嘴
所有仇恨都由它訴說？
不！它從未喊痛從未說話
五十多年了
襯衫從未說
一句怨言

一九四七年最寒冷的三月
彈孔流出鮮血
襯衫流出鮮血
夢，流出鮮血流出淚
如今已不再流
早已不再流了
襯衫早已洗得

清清白白
像你一樣
像陳家子子孫孫一樣

那彈孔就是句點
所有血的故事的句點
（世界不要再流血了）
二〇〇〇年
從那彈孔望過去
啊，台灣蔚藍的天空
一望無際

◇作者簡介

渡也，本名陳啟佑，一九五三年生，台灣嘉義人。文化大學中國文學博士，曾任國立彰化師範大學國文系所教授。現已退休，專事寫作。

渡也從十七歲開始發表現代詩創作，曾創辦《拜燈》詩刊，他兼長詩、散文與評論，他的詩早期具有超現實跳躍、斷裂的奇思，近期作品則語言明朗，以台灣社會、歷史為批判對象。著有詩集《手套與愛》、《我是一件行李》、《流浪玫瑰》及評論集、散文集多種。

曾獲「時報敘事詩獎」、「中興文藝獎章新詩獎」、「創世紀詩獎」等多種獎項。

◆作品賞析

渡也高中階段就有詩名，早期以散文詩和手記受到高度矚目，他的語言銳利，且帶有諷喻與幽默的氣息，善用巧喻，諧趣中並見謹嚴格局；他也善用寓言與戲劇技法，這使他的詩總能帶給讀者啟發與驚奇。〈旅客留言〉這首詩就獨具戲劇效果，渡也以早期車站常見的留言板為題材，從「外面下著細雨，看起來似乎／車站在哭泣」寫起，先行鋪陳車站具有的離別意涵，接著切入留言板的留言，「有人用粉筆寫／我不去了／也有人寫／我先走了」，不去與先走，明示旅人的來去，也暗示旅人來去的匆迫，和人生「逆旅」的命題。所以接下來詩人以「……………」刪節號入詩，寫實但又具表彰符號內在意涵「人生的淚水」以及「細細的雨」的多重表意，這個手法使全詩在使用白描語言的同時，還具備多義延展的想像空間。最具戲劇性的，是結局，詩人以「我站在留言板前／終於被粉筆舉起」展開意象反撲，粉筆當然無法舉起我，卻又將我舉起，使這首詩的思想張力擴散開來，接著「木板楞楞地看我／看我久久寫不出一個字」，也有同樣力量；再接著「車站在流淚／如果，如果我留話給車站／車站也留話／給地球／地球也留話／給茫茫的宇宙……」，則將此詩的人生逆旅意涵推到整個蒼茫宇宙，雨中的車站，雨中的旅人，千古蒼茫之慽，表露無遺。

〈一顆子彈貫穿襯衫——紀念二二八罹難畫家陳澄波先生〉是一首兼具歷史、人文和人道主義精神的好詩。這首詩以在二二八事件中罹難的畫家陳澄波為主角，詩人一起筆就有不凡表現「一九四七年三月／一顆子彈突然貫穿襯衫／貫穿你的身體／貫穿嘉義／貫穿台灣美術史／啊，美噴出血來」，簡略數筆，就定位了陳澄波在嘉義地方和台灣美術上的重要性，「美，噴出血來」，以及詩中「彈孔，也活著」、「夢，流出鮮血流出淚」，更是以反諷之筆寫心中之痛。詩尾「從那彈孔望過去／啊，台灣蔚藍的天空／一望無際」，有「彼蒼者天」的沉重控訴和無奈。

◆延伸閱讀

1. 陳啟佑，《渡也論新詩》，黎明出版社，一九八三年。
2. 林燿德，〈渡也論〉，《期待的視野——林燿德文學短論集》，幼獅出版社，一九九三年，頁二〇二—二〇五。
3. 莫渝，〈面具背後——渡也小論〉，《閱讀台灣散文詩》，苗栗縣立文化中心，一九九七年，頁一二〇—一二三。
4. 丁旭輝，〈舊情新貌——評渡也《手套與愛：渡也情色詩》〉，《書評》五八期，二〇〇二年六月，頁一七—二一。

住在衣服裡的女人

陳義芝

我渴望妳覆蓋，風一般輕輕壓著我
以妳細緻的皮膚如貼身的夜衣
或彷彿就是我自己的皮膚

牛仔褲是流行的白話，寫著詩一般騰躍的短句
開叉裙有古典的文法，銘刻了長篇的祈禱詞
春天一呼喊，妳絲質的襯衫就秀出兩朵
粉色的花苞給如夢的人生看

然而我知道，真實的祕密總隱藏在身體的櫥窗裡
「打開看看吧！」妳含笑的眼神時常這樣暗示我
為一顆鮮紅的果子而羞澀

千百個櫥窗中我看到妳眩人心神的笑彷彿未笑
寬鬆衣襬下搖蕩一奧祕的天體
蹙眉思考如聖經紙印的字典

多像一隻遠遁人煙之外卻愛戀著人世的狐
妳豈是我遺失的那根肋骨
或者我應是黏附妳身的一塊肉
降謫於床笫，化身成一條天譴的蛇

我渴望穿妳，當披肩滑落勢如閃電
圍裙像黃金的穀倉微妙擺動
空氣在摩擦，日光在接吻
我渴望套頭的圓領衫埋入妳胸脯，陷身桃花源

放棄棉紗纖維的研究自是日
我專攻身體的誘惑，例如鈕扣鬆脫拉鍊滑雪
分分秒秒念著521　521……的傳訊密碼

自是日妳深潛我夢中撐開一把抵擋熱雨的傘
沿足踝的曲線向北方，妳是我望中帘幕半遮的門
我深信妳打開的皮包中永遠藏有我
——一堆親暱而俚俗的話

喘息

眉飛過來月在呼吸
眼飛過來星在呼吸
唇吻飛過來溪谷在呼吸
胸乳撞過來大山在呼吸

腰肢召喚滾地的風
臀圍召喚當頭的火

花苞與花梗同聲召喚青焰
那像打鐵的喘息

◇作者簡介

陳義芝，一九五三年生於台灣花蓮，祖籍四川。香港新亞研究所文學碩士，高雄師範大學國文研究所博士，曾任《聯合報》副刊主任，曾任教於台灣師範大學國文學系。他年輕時與詩友創辦《詩人季刊》，開始起步，兼擅散文、評論。他的詩風格儒雅，微帶古典浪漫情懷，近期以來詩風轉變，以身體、情欲為主題，表現現代人的情感幽微面。著有詩集《青衫》、《新婚別》、《不能遺忘的遠方》、《不安的居住》、《我年輕的戀人》與散文集、論著等多種。曾獲「中山文藝獎」、「時報文學推薦獎」、「台灣詩人獎」等多種獎項。

◇作品賞析

陳義芝年輕時期的詩溫文而又充滿人間愛，泥土情，他以抒情傳統的擁抱開始，節制傷感，但又能厚實地表現溫柔敦厚的風格；近期以來，則詩風靈動，且在意象處理和詩題材的開拓上令人耳目一新，大有突破。此處所選兩詩〈住在衣服裡的女人〉和〈喘息〉都是代表作。

〈住在衣服裡的女人〉大膽描繪男性對女性身體的好奇與渴望，題目「住在衣服裡的女人」取自張愛玲文句（我們個人住在個人的衣服裡），衣服形如住屋，而女人藏於屋內，這是詩人意欲藉此寫出對女人的愛慕與挑逗，「真實的祕密總隱藏在身體的櫥窗裡」，因此詩人遐想如何打開櫥窗，進入屋裡，進入衣服，去解開「奧祕的天體」，詩作到此，已夠煽情，接著四句「我渴望穿妳，當披肩滑落勢如閃電／圍裙像黃金的穀倉微妙擺動／空氣在摩擦，日光在接吻／我渴望套頭的圓領衫埋入妳胸脯，陷身桃花源」，則以充滿想像的意象語言表現飽滿的情欲。「我渴望穿你」如你的穿衣，寫出了男女之間情與慾望的難捨難分，是一首動人的情詩。

〈喘息〉更直接描繪男女之間的性愛情境，詩人以身體器官的動作，逐一表現性愛過程中的種種激情，前四句是月、星、溪谷、大山因為眉、眼、唇吻、胸乳的飛過來與撞過來而「在呼吸」，五六兩句則已開始因為腰肢、因為臀圍「召喚」了滾地的風、當頭的火，詩人以自然界的具體物象對應身體的相對器官；以「呼吸」、「召喚」到最後「花苞與花梗同聲召喚青焰／那像打鐵的喘息」來側寫激情過程，含蓄與率直交雜間出，情愛的幽微和慾望的袒呈並見。加上句式的疊沓紛至，更使此詩模擬出「喘息」的節奏感，讀來自是緊湊。

◆延伸閱讀

1. 楊牧，〈雪滿前川——讀陳義芝詩集〉，《聯合報》，一九八四年十月二十一日。
2. 林燿德，〈幽幽吐出一株雪香的蘭——論陳義芝的詩〉，《文藝月刊》二〇九期，一九八六年十一月，頁四八—五八。

3. 羅智成，〈最美的一種無奈——我看《不安的居住》〉，陳義芝詩集《不安的居住》，九歌出版社，一九九八年。

4. 洪淑苓，〈遊戲開始了——陳義芝詩作的新變及其意義〉，《第一屆花蓮文學研討會論文集》，花蓮縣立文化中心，一九九八年，頁一六四—一八〇。

5. 柯慶明，〈根之茂者其實遂——論陳義芝的詩〉，《台灣詩學季刊》三五期，二〇〇一年六月，頁一四六—一六〇。

在我們最貧窮的縣區

——一月二十八日圓醮所見

陳黎

兩億元新台幣，
四千隻大豬公，
四十六座牌樓，
二十三座醮壇，
素食齋戒三日夜，
獻刃宰殺雞鴨魚。
五萬多遠來親友，
十一名本地乞丐。

一首因愛睏在輸入時按錯鍵的情詩

親礙的，我發誓對你終貞
我想念我們一起肚過的那些夜碗
那些充瞞喜悅、歡勒、揉情祕意的
牲華之夜
我想念我們一起淫詠過的那些濕歌
那些生雞勃勃的意象
在每一個蔓腸如今夜的夜裡
帶給我飢渴又充食的感覺

侵愛的，我對你的愛永遠不便
任肉水三千，我只取一嫖飲
我不響要離開你

不饗要你獸性搔擾
我們的愛是純啐的，是潔淨的
如綠色直物，行光合作用
在日光月光下不眠不羞地交合

我們的愛是神剩的

◆作者簡介

陳黎，本名陳膺文，一九五四年生，台灣花蓮人。台灣師範大學英語系畢業，曾任花崗國中教師、東華大學中文系兼任助理教授，現已退休。

陳黎詩風多樣，他的詩作企圖融合本土與前衛、島嶼與世界，從寫實到超現實，從現代到後現代，都多所嘗試，字裡行間，流露對人類、土地與歷史的思索，其語言也流利自如，機鋒迭出。著有詩集《廟前》、《動物搖籃曲》、《小丑畢費的戀歌》、《親密書》、《家庭之旅》、《小宇宙》、《島嶼邊緣》、《貓對鏡》等多種。

曾獲「國家文藝獎」、「吳三連文學獎」等多種獎項。

◆作品賞析

陳黎的詩豐繁多姿，變幻多采，從現代主義、寫實主義到後現代主義，乃至於後殖民論述都可以他的詩為樣本切入。這裡選他寫於一九八〇年的〈在我們最貧窮的縣區——一月二十八日圓醮所見〉與寫於一九九四年的〈一首因愛睏在輸入時按錯鍵的情詩〉，可以看出前後期陳黎詩風的變化。

〈在我們最貧窮的縣區——一月二十八日圓醮所見〉這首詩，採取直筆的寫實主義書寫，詩人在短短八行詩句中，僅以具體的數據依序列出圓醮所見，形成讀者一見即能清楚了解圓醮一次的巨大開銷與盛大陣仗，「兩億元新台幣，/四千隻大豬公，/四十六座牌樓，/二十三座醮壇，/素食齋戒三日夜，/獻刃宰殺雞鴨魚。」這樣的詩在修辭上採取排比技巧，有加重陳述語氣，增強閱讀情緒，以及強化語言節奏的優點；但更重要的是，以數據鋪陳圓醮的鋪張，也就相對具有與題目「在我們最貧窮的縣區」的反諷與批判效果，簡單幾筆，乾淨俐落。而更具體的批判，則在詩末兩行「五萬多遠來親友，/十一名本地乞丐。」儼然杜甫「朱門酒肉臭，路有凍死骨」的現代版。

相對於〈在我們最貧窮的縣區〉的現實針砭，〈一首因愛睏在輸入時按錯鍵的情詩〉則表現了濃厚的後現代風格，此詩以電腦按鍵文書處理常見的同音誤打現象入詩，因此通篇出現文字語言音義「諧擬」(parody)的趣味和符號意涵的歧出，詩的文本特意採取看似純情實則老調的「情書」寫法，如「親礙的，我發誓對你終貞/我想念我們一起肚過的那些夜碗/那些充瞞喜悅、歡勒、揉情祕意的/牲華之夜」，通篇怵目都是，因而有意無意排置了一個相對於「純情」的「色情」情境，以及相對於「雅正」的「淫邪」語境，兩相對照，讀者在閱讀文本時，內心浮現的一是字面文本，一是語意文本，因而產生對譯的錯愕（心情）和糾扼（閱讀）相互干擾的效果，同時也有效地產生雙重反諷性：對「純情」情書的反諷，以及對「肉欲」文本的嘲弄。此外，此詩也喻示了電腦與網路年代的「新」文本的誕生，雅正中文書寫與正典的挑戰，早已由此詩開砲。

◇延伸閱讀

1. 廖咸浩，〈玫瑰騎士的空中花園——讀陳黎的新詩集《島嶼邊緣》〉，《東海岸評論》九〇期，一九九六年一月，頁四八—五五。
2. 奚密，〈本土詩學的建立——讀陳黎《島嶼邊緣》〉，《中外文學》二五卷一二期，一九九七年五月。
3. 古繼堂，〈台灣後現代詩的重鎮——評陳黎的《島嶼邊緣》〉，《更生日報》，一九九七年七月二十七日。
4. 劉紀蕙，〈燈塔、鞦韆與子音——論陳黎詩中的花蓮想像與陰莖書寫〉，《第一屆花蓮文學研討會論文集》，花蓮縣立文化中心，一九九八年，頁一八一—一九五。
5. 王威智編，《在想像與現實間走索：陳黎作品評論集》，書林出版社，一九九九年。

煙

楊澤

請讀我——請努力讀我
我是沒有手紋的一隻掌
我是沒有五官的一張臉
我是沒有刻度沒有針臂的一座鐘
請讀我——請努力努力讀我
我是沒有銘辭沒有年月的一方
一方倒下的碑

請讀我——請努力讀我
非掌非臉非鐘非碑的
我是縮影八〇〇億倍的一個
小寫的瘦瘦的　i

請讀我——請努力努力讀我
我是生命，我是愛，我是不滅的
靈魂，焚屍爐中熊熊升起的一片
一片獨語的煙

伐木

——伐木丁丁，鳥鳴嚶嚶——

藏身於繁花深處，春天最隱密的一棵樹上
她向我歌唱愛情，且宛轉地責令我建築愛的居室。
相對於繁花的幽谷與喬木，我撐傘站在城市的人群中
感覺自己像去夏海濱所見
一座荒廢已久的建築鷹架在雨中……

◆作者簡介

楊澤，本名楊憲卿，一九五四年生，台灣嘉義人。美國普林斯頓大學文學博士，曾任教於美國布朗大學比較文學系、東華大學中文系，並曾任《中國時報》副總編輯兼〈人間〉副刊主編。

楊澤在大學時代與羅智成、廖咸浩等人合組台大「現代詩社」，他的詩早期有沉重的歷史感和家國之思，近期以來則著重於人生命題的觀照與思索。著有詩集《薔薇學派的誕生》、《彷彿在君父的城邦》、《人生不值得活的》等。

曾獲「時報文學敘事詩優等獎」、「時報文學敘事詩推薦獎」。

◆作品賞析

楊澤的詩有著學院派的矜持和文化鄉愁，楊牧認為他的詩同時肯定中國古典和西方古典傳統，因此在語言的抒情之外，更有著蒼茫的歷史意識。

〈煙〉這首詩，探究的是在大歷史敘述和地球芸芸眾生之中，小我生命的存在意義。詩人在此詩中不斷覆述「請讀我——請努力讀我」，表面上是強調「我」的重要，但實際上的我卻是「沒有手紋的一隻掌」、「沒有五官的一張臉」、「沒有刻度沒有針臂的一座鐘」，以及「沒有銘辭沒有年月的一方／一方倒下的碑」，這些並置的象徵，說明我的平凡、我的無名無姓，以及無關重要，作為大眾之中的一員，我的渺小。第二節起，詩人承續鋪陳，「我是縮影八〇〇億倍的一個／小寫的瘦瘦的ｉ」，使得全詩的「小我」到此具現。

末三節力道十足，以「我是生命，我是愛，我是不滅的／靈魂，焚屍爐中熊熊升起的一片／一片獨語的煙」收尾，於是將小我的意義，通過生命與愛的強化，給予力量，使此詩能映照出處在大年代中的小我生命意義所在。

〈伐木〉是楊澤近期詩作，此詩引《詩經》「伐木丁丁，鳥鳴嚶嚶」句，寫世間情，詩人以繁複的意象語言，唯美而浪漫的筆調，鋪設悽涼悱惻的愛，「繁花深處，春天最隱密的一棵樹」和結句自己「像去夏海濱所見／一座荒廢已久的建築鷹架在雨中……」形成強烈對比，春的熱情和雨中的鷹架之荒廢，映襯了蕭條與戚然，是一首動人小品。

◆延伸閱讀

1. 楊牧，〈我們祇擁有一個地球——楊澤著《薔薇學派的誕生》〉，楊澤詩集《薔薇學派的誕生》，洪範出版社，一九七七年，頁一—一一。
2. 林燿德，〈檣桅上的薔薇——我讀楊澤〉，《文藝月刊》二〇六期，一九八六年，頁五八—七四。
3. 李癸雲，〈不存在的戀人——以陳黎、楊澤、羅智成詩為例〉，《台灣文學學報》四期，二〇〇三年八月，頁一二一—一四〇。

颱風

羅智成

之一

颱風來造訪
某人內心之中的舊識。
當庭院中一棵不存在的果樹或
水壩上游十萬畝相思
被用力搖晃
綠色的汁液橫流於
擋風玻璃與多年以後某畫家
狂亂的畫風
神祕的電台占領了收音機
廣播著不祥的氣息

而泥黃的山洪
疾行於每條
洗碗槽的排水管下……

我開窗，逆風的視線
吃力追趕那片朝遠方裂去的天空
我的思想紋風不動
只有滿頭亂髮振筆疾書。

鎮　魂

他們以重機械徹夜在外頭切割巨廈
你徹夜被騷擾，卻始終沒有醒來。

十層樓的破碎迷宮把你困在噩夢的夾層裡
或者，你被牆上的相框壓成最後一張照片
或者，你被缺乏鐵質的大樓吞嚥，成為它
糾纏的管線裡淤塞的血水
所有的可能都已腐臭、發脹
不再可能……

被挖掘開的馬賽克浴室，四處是你過期的呼吸
被折疊起來的挑高客廳
縮得小小的那聲尖叫還在瓦礫中戰慄
在挖掘不出來的驚懼裡
翻倒的美景則緊摟著你孤單的屍骸，
也許還有一個永被深埋的想法……

□□□、□□□、□□□、□□□、
□□□、□□□、□□□、□□□……
死亡已經治癒你們的傷痛與恐懼了嗎？
我們不然，

整個島嶼還在收縮、抽痛、胡言亂語
生命總一次又一次叫我們面面相覷：
我們只是薄膚恆溫的凡人
怎會遇上只有地球足以承擔的變動與損傷？
我們只是偶爾自大的脆弱生靈
為何要經歷萬噸建材與憂傷的折難？
你們看，
整個島嶼在抽痛、蜷曲
在傳遞、播報、哀悼、喧嘩與聚集
其力量宛如一個宗教的誕生……
但不盡然
那只是種種美好的想像
對一個規模七・三強震的無謂抵抗

規模七・三的強震重新躺回斷層
整個島嶼在香煙裊繞的晨曦中
繼續喧嘩、哀悼與聚集

□□□、□□□、□□□、□□□、□□□、□□□、□□□、□□□……
死亡已經治癒你們的傷痛與恐懼了嗎？
我們不然，
我們正慌亂地用重機械把
崩塌的視線吊走
把沉重的記憶切開
切割成比較容易消化與忘記的小塊
我們在廢墟中喧嘩、哀悼與聚集
這一切只是為了治癒我們自己。

◇作者簡介

羅智成，一九五五年生，湖南安鄉人。台灣大學哲學系畢業，美國威斯康辛大學陌地生校區東亞語文研究所碩士。曾任職於多種媒體，創辦旅遊、時尚等各類雜誌，也擔任過政府新聞、文化機關首長。

他是詩人，也是多面向的媒體人，他的詩，文字風格獨特，既富知性的深邃，又有感性的幽微，而語法則自成一格，洋溢著神祕迷人的氛圍。著有詩集《畫冊》、《光之書》、《傾斜之書》、《擲地無聲書》、《寶寶之書》、《黑色鑲金》、《問津：時間的支流》及散文集等多種。

曾獲「時報文學獎」、「中國文藝協會文藝獎章」等獎項。

◆作品賞析

羅智成是個早慧的詩人，就讀師大附中的時期便籌組詩社，他的處女詩集《畫冊》（一九七五）展示了一個憂鬱青年的夢想和哲思，語境和時代、歷史隔絕，卻擁有迷人氛圍。

這裡選的詩則是他收錄於《夢中書房》的近期作品，分別對於颱風和九二一地震的社會事件表達了深刻的觀照。〈颱風〉寫台灣每年會遇上的常態災難，但詩人不寫實際的災害，而以豐富的想像力，寫颱風引發的想像，起筆「颱風來造訪／某人內心之中的舊識。」就具有神祕主義的媚惑感，接著以「庭院中一棵不存在的果樹或／水壩上游十萬畝相思」被颱風搖晃造成的種種現象，則是以魔幻寫實的技法來表現颱風天的擔心、驚懼。但儘管如此，「我的思想紋風不動／只有滿頭亂髮振筆疾書。」則又返回理性思維。這首詩藉颱風嘲諷當前台灣社會亂象，其中有著無奈，卻也有批判。

〈鎮魂〉一詩則帶有強烈的臨場感和撼動讀者的感情。這首詩寫一九九九年九二一大地震後的集體社會創傷。首節處理地震後塌陷大樓現場，以及對於罹難者死亡圖像的描述，「他們以重機械徹夜在外頭切割巨廈／你徹夜被騷擾，卻始終沒有醒來」、「十層樓的破碎迷宮把你困在噩夢的夾層裡」、「你被牆上的相框壓成最後一張照片」、「你被缺乏鐵質的大樓吞嚥，成為它／糾纏的管線裡淤塞的血水」等句都是令人心碎的畫面。詩中兩排□□□、□□□、□□□、□□□的空格處理，更是怵目驚心，那是死者消失的姓名，同時也是亡靈的居所。

這首詩也提問「死亡已經治癒你們的傷痛與恐懼了嗎？」，反省這個災難社會「在廢墟中喧嘩、哀悼與聚集／這一切只是為了治癒我們自己。」從死亡的悲劇到悲劇後的療傷，這首詩見證了一場歷史性的災難。

◇延伸閱讀

1. 楊牧，〈走向洛陽的路〉，《文學的淵流》，洪範出版社，一九八四年，頁四一—四九。
2. 林燿德，〈微宇宙中的教皇：初窺羅智成〉，《一九四九以後》，爾雅出版社，一九八六年，頁一一三—一二五。
3. 許悔之，〈占領一座電臺：評羅智成的《寶寶之書》〉，《聯合文學》六卷三期，一九九〇年一月，頁一九八—二〇〇。
4. 徐培晃，〈完美聆聽者：試論羅智成詩中的夢、記憶與漫遊特質〉，《台灣詩學學刊》三期，二〇〇四年六月，頁一〇七—一五一。

搬[1]布袋戲的姊夫

向陽

彼一日，阿姊倒轉[2]來
帶醃腸[3]水果，帶真濟[4]
好耍[5]的物件，阮最合意的
是姊夫愛弄[6]的，一仙布袋戲尪[7]仔

有一年，庄裡[8]天公生
公厝的曝[9]粟仔[10]場，掌中劇團
做戲拜天公，阮最愛看的彼仙
為江湖正義走縱[11]的，布袋戲尪仔

姊夫就是掌中劇團
搬布袋戲尪的頭師[12]，彼一年

姊夫的劇團來庄裡公演
鑼鼓聲中，西北派打倒東南派

阿姊彼時猶是
十七八歲的姑娘，有一日
走去劇團找弄戲的頭師
嬌聲柔語，東南派拍贏西北派

愛看布袋戲的阮，只不過
知也東南派是正人君子，只不過
知也西北派是妖魔鬼怪，阮未瞭解
東南派哪著一定打贏西北派

時常纏著阿姊的阮，猜想
軟心腸的阿姊就是東南派，猜想
弄戲尪的頭師就是西北派，阮想未到
東南派哪會和西北派講和

彼一年，頭師變姊夫
阿姊轉來的時陣帶了真濟戲尪仔
阮問阿姊：東南派有贏西北派否
阿姊笑一下，目屎忽然滾落來

有一工，阿母帶阮
去姊夫伊厝看阿姊，說是兩人冤家⓭
阮問阿母：東南派是不是輸與西北派
阿母笑一下，目屎煞也滾落來

看著姊夫，姊夫越頭做伊去
阮罵西北派妖魔鬼怪無良心
看著阿姊，阿姊犁頭不講話
阮笑東南派正人君子欠勇氣

想未到姊夫和阿姊忽然好起來
真奇怪冤家到尾煞⓮會變親家

阿母歡喜地搓⓯阮的頭，講阮就是
彼仙，為江湖正義走縱的布袋戲尪仔

【註】

❶搬：扮演。元明雜劇《遇上皇》：「搽灰抹粉學搬唱，剃頭削髮為和尚。」
❷倒轉：《禮記・曲禮》：「倒筴側龜於君前。」台語借為「回家」義。
❸醃腸：香腸。
❹真濟：很多。《漢書》注：「真，正也。」濟，眾多貌。《書經・大禹謨》：「濟濟有眾，咸聽朕命。」
❺耍：戲弄，玩。《水滸》：「那廝下糞窖去，只是小耍他。」
❻弄：扮演或表演。唐《樂府雜錄》：「弄假婦人。」
❼戲尪：戲偶，此處從俗。
❽庄裡：村子裡。庄，「莊」的異體字。《京本通俗小說》、《三國志平話》等刊本均作此字。
❾曝：曬也。《東觀漢記・高鳳傳》：「妻嘗之田，曝麥于庭。」
❿粟仔：穀子。《蔡著閩語典》。
⓫走縱：縱，騰躍。漢王充《論衡・道虛》：「舉臂而縱身，遂入雲中。」台語伸為奔波。
⓬頭師：大師傅，台灣俗稱。
⓭冤家：仇敵。唐《朝野僉載》：「此子與冤家同年生。」台語轉名詞為動詞，意謂吵架如仇。

⓮煞：竟然。
⓯搓：揉搓，捫摸。宋蘇軾〈寒具〉詩：「纖手搓來玉數尋，碧油輕蘸嫩黃深。」

我的姓氏

0. A-Wu

一六二四年吧
我，A-Wu誕生
在Tayovan的廣闊平野上
麋鹿成群，野草高聳
迷路的童年，我走入群山
下探擁抱著美麗海灣的岬岸
奇異的帆船、紅髮藍眼的兵士
托槍，魚貫走上岸來

我，A-Wu冥冥中感覺
命運即將擺弄我，以及我的族人
為這群陌生的侵入者
飼養麋鹿　剝製鹿皮
直到我們力盡精疲

十二歲時，我與同齡的族人開始接受
這群來自遙遠的外海的侵入者
教育。學習羅馬字，學習諾亞方舟的故事
上教堂禮拜，哈里路亞
慢慢忘掉我舌頭熟悉的濁音
學習新的書寫，我叫
Siraya

1. 阿宇

一六六二年吧，我三十八歲
麋鹿已然稀少，冬風吹過龜裂的土地

一如我長年種作的雙手
龜裂的還有田野、河川
風中瑟縮著頸子的
是我營養不夠的牽手

同樣在童年曾經迷路的山道上
我俯望Tayovan的港岸
旌旗飄揚，照耀港岸的落日
身穿鐵鎧鐵甲的兵士整隊上岸
我，Siraya，已經可以預見
不同的時代，同樣的命運
即將降臨

旌旗飄揚，飄在驚奇的族人面前
他們自稱為「漢人」，說著我不懂的話
我是Siraya，他們說我是「西拉雅」
連同我的名字A-Wu，也被更改

以著奇異的書寫，在我眼前耀武揚威
：阿宇

我不知道這是不是我？阿宇
它被書寫在番契上
因為它的出現
我耕種的土地，我童年的記憶
都紙一樣被撕掉了

這是我嗎？阿宇
阿宇的牽手這年也回去見阿立祖了

2. 潘亞宇

一六八四年吧，年輕的A-Wu睡著了
睡在迷路的山中，不再回來
睡在麋鹿的皮下，不再出現
而我，六十歲的老人

拼命找他
A-Wu！A-Wu！A-Wu！A-Wu！
直到屋外有人呼叫「潘亞宇」為止

潘亞宇，就是我嗎，穿著漢人衣飾的
我，就是潘亞宇吧，這是康熙二十三年
我已習慣使用河洛話，使用字典
潘，是皇帝所賜的
榮寵，頭上的稀疏的髮辮
旌旗一般，召喚著壯年時代我的驚奇

我是，潘亞宇
童年的我，叫A-Wu
壯年時，叫阿宇
想了六十個年頭
終於搞得一清二楚
在油燈點亮的夜裡

3. 潘公亞宇

這是我嗎？
潘公亞宇。這幅精緻的碳筆畫像
掛在焚香的廳堂牆上
彷彿我壯年時代看到的奪我土地的漢人
唐山裝扮，頭上帶著絨帽
眼光炯炯，白色的鬍鬚宛然冬天的干芒
飄動的
這樣栩栩如生的漢人的容貌啊

叫我即使在離開Tayovan
三百多年後的今日都還害怕驚懼
這是我嗎？潘公亞宇
之靈位。香火嬝繞，一塊木牌
臨著的是潘媽劉氏，之靈位
流逝的歲月，從一六二四年開始

這是當年的A-Wu和他的牽手嗎

潘公亞宇，祖籍河南，來台開基祖
罪過啊，我A-Wu居然取代了阿立祖
在這逐漸昏黃的公媽廳中
接受看來是我子孫
卻又不是的漢人膜拜

他們依序上香
年老的潘亞宇用著我聽不懂的日本話
中年的阿宇用著我聽不懂的中國話
年輕的A-Wu用著我聽不懂的番仔話
他們，依序，上香，沒有一個人
使用我們Tayovan，三百年來我連夢中也沒忘掉過的
熟悉的濁音

這是我嗎，潘公亞宇

這是我的子孫嗎，潘公亞宇之十六代孫、十七代孫
一九九八年吧
我彷彿又被拉回十二歲時成群的麋鹿中
迷失了回家的路途
野草高聳，姓氏不明

◆作者簡介

向陽，本名林淇瀁，一九五五年生，台灣南投人。文化大學新聞研究所碩士，政治大學新聞研究所博士，曾任《時報周刊》主編、《自立晚報》副社長兼總主筆、吳三連台灣史料基金會祕書長、台北教育大學台灣文化研究所教授。

向陽早年創立《陽光小集》，主持編務，鼓動詩運。作品含括新詩、散文、評論、兒童文學，其新詩創作以台語詩和十行詩最具特色，近年投注於「網路詩」的經營。他的詩風揉和寫實主義和現代主義技巧，轉折多方，而在形式上則具有典範傾向，是現代詩中新格律的堅持者。著有詩集《十行集》、《土地的歌》、《歲月》、《四季》、《向陽詩選》、《向陽台語詩選》等多種。

曾獲「國家文藝獎」、「吳濁流新詩獎」、愛荷華大學榮譽作家等多種獎項。

向陽以台語詩和十行詩崛起詩壇，除此之外，他的敘事詩也受到推重。詩人、學者蕭蕭認為：「在台灣，向陽是少數幾個有意識、有意願、也有能力為台灣寫史的詩人之一。」

◆作品賞析

〈搬布袋戲的姊夫〉是向陽的台語詩代表作。詩人以兒童觀點敘述家族史，姊夫、阿姊、阿母與我，在詩中分別代表了四個立場不同的角色，搭配布袋戲劇目中常見的「東南派」（正人君子，正派）、「西北派」（妖魔鬼怪，反派）於故事脈絡中，既具趣味、又見戲劇效果。詩從阿姊與演布袋戲的姊夫相戀、結婚寫起，到兩人吵架，阿母帶孩童的我到姊夫家婉勸兩人，我「看著姊夫，姊夫越頭做伊去／阮罵西北派妖魔鬼怪無良心／看著阿姊，阿姊犁頭不講話／阮笑東南派正人君子欠勇氣」，因而讓阿姊和姊夫破涕為笑，言歸於好，詩結於「阿母歡喜地搓阮的頭，講阮就是／彼仙，為江湖正義走縱的布袋戲尪仔」。詩人巧設的「東南派／西北派／為江湖正義走縱的布袋戲尪仔」，也隱喻了人生戲台乃至所有領域舞台上的主要角色，詩中的故事就是人生的故事，在爾虞我詐、弱肉強食的社會，「為江湖正義走縱的布袋戲尪仔」的我（童心）這才更加彌足珍貴。

〈我的姓氏〉則表現了向陽詩風的另一個轉折。這首詩從台灣史取材，以名叫“A-Wu”的西拉雅平埔族人為主角，一六二四年誕生於南台灣，歷經荷蘭、明鄭與大清統治，他的名字由呼音“A-Wu”一路被命名為「阿宇」、到被清帝賜姓「潘」名「亞宇」為止，除了父母所賜的“A-Wu”外，其他名字都得自異族統治者。“A-Wu”童年時目睹荷蘭士兵進入台窩灣，十二歲時接受荷蘭傳教士教育，學習羅馬字拼音的西拉雅語讀《聖經》；一六六二年三十八歲，明鄭來台，他擁有漢人的名，用於「番契」之上；一六八四年，六十歲的"A-Wu"已習慣使用河洛話，會查字典，擁有皇帝御賜的「潘」姓，這時他叫「潘亞宇」。這首詩雖寫平埔族，實則也喻示所有先來後到的台灣住民自我命名權的被剝奪與喪失，以及認同的失落與悲哀。

◆延伸閱讀

1. 王灝，〈不只是鄉音：試論向陽的方言詩〉，《文訊》一九期，一九八五年八月，頁一九六－二一〇。
2. 林燿德，〈遊戲規則的塑造者：綜論向陽其人其詩〉，《文藝月刊》二〇〇期，一九八六年二月，頁五四－六七。
3. 鄭良偉，〈從選詞、用韻、選字看向陽的台語詩〉，《台灣文藝》九九期，一九八六年三月，頁一二九－一四七。
4. 蕭蕭，〈向陽的詩，蘊蓄台灣的良知〉，《台灣詩學季刊》三二期，二〇〇〇年，頁一四一－一六〇。
5. 方耀乾，〈為父老立像，為土地照妖：論向陽的台語詩〉，《台灣詩學學刊》三期，二〇〇四年六月，頁一八九－二一八。

鐘聲響起時

——給受難的山地雛妓姊妹們

莫那能

當老鴇打開營業燈吆喝的時候
我彷彿就聽見教堂的鐘聲
又在禮拜天的早上響起
純潔的陽光從北拉拉到南大武
撒滿了整個阿魯威部落

當客人發出滿足的呻吟後
我彷彿就聽見學校的鐘聲
又在全班一聲「謝謝老師」後響起
操場上的鞦韆和翹翹板
馬上被我們的笑聲佔滿

當教堂的鐘聲響起時
媽媽，妳知道嗎？
荷爾蒙的針頭提早結束了女兒的童年
當學校的鐘聲響起時
爸爸，你知道嗎？
保鏢的拳頭已經關閉了女兒的笑聲

再敲一次鐘吧，牧師
用您的禱告贖回失去童貞的靈魂
再敲一次鐘吧，老師
將笑聲釋放到自由的操場

當鐘聲再度響起時
爸爸、媽媽，你們知道嗎？
我好想好想
請你們把我再重生一次……

歸來吧，莎烏米

檳榔樹的葉尖刺頂著圓月
明亮的光穿過了柴窗
照著準備上山的哥哥
照著屋角的背簍和彎刀

背上背簍喲
裝滿小米的種子和芋頭
束緊腰頭喲
繫上祖父遺傳下來的彎刀

上山去喲上山去
雞啼已在催促沉重的步履

早春，早春的空氣
像是剛從地窖起出的小米酒一般
那開封的清香和著情歌
在百蟲交鳴的山徑旁沿途伴我上山

上山去喲上山去
莎烏米啊莎烏米
唱著妹妹的名字
不論太陽在雲海裡經過幾次的升落
不論月亮在夜空中經過幾次的圓缺
我都不疲倦
莎烏米啊莎烏米
唱著妹妹的名字
我將芋頭一粒粒地埋在土層裡
將小米一把把地播撒在田間
興奮地等待未來的豐收

哥哥帶著彎刀和火種
翻過一山又一山
莎烏米啊莎烏米
一遍又一遍地唱著妳的名字
妳的名字喲是永遠的食糧
像土層裡的芋頭
像田間的小米
莎烏米啊莎烏米
哥哥帶著背簍和種子
翻過一山又一山
在夜梟咕嚕聲的引領下
探索古老的神話和傳說
隨著淙淙的泉水聲
思念離鄉多年的莎烏米

啊，被退伍金買走的姑娘
當妳想起山上的哥哥時

是否也一遍遍地唱著那首情歌：
妳是誰呀妳是誰
站在高崗上對著我唱
妳的人兒妳的歌聲
漂亮得超過了彩虹
你是誰呀你是誰
站在高崗上對著我唱
你的人兒你的歌聲
雄壯得超過了瀑布

啊，哥哥的思念
被綿延無際的山嶺圍困
被此起彼落的泉聲纏繞
日復一日，一山又一山
通過了夏季的炎熱和暴風雨
黝黑的身體更加健壯了
厚實的手足也結滿了繭

終於，在秋蟬頌夏的歌聲中
芋頭已累累碩大
田間的小米也翻起了鼓鼓的金浪
歸來吧，莎烏米
讓我們一起合唱豐收的歡歌
歸來吧，莎烏米
讓我摘下一片亮綠的芋葉
盛滿晶瑩的露珠做聘禮
讓我釀一甕甜美的小米酒
用傳統的共飲杯和妳徹夜暢飲
莎烏米啊莎烏米
哥哥帶著彎弓和火種
懷著不滅的愛和希望
一山又一山地
一遍又一遍地唱著妳的名字
歸來吧歸來
歸到我們盛產小米和芋頭的家園吧！

作者簡介

莫那能，排灣族人，一九五六年生於台灣台東。國中畢業後即因罹患弱視全盲而輟學，現為按摩師。

莫那能於七〇年代開始創作，身為原住民與盲人的雙重弱勢，使他的詩在淺白簡易中流露出對弱勢階級的抑鬱、苦悶的深刻同情，並表現出原住民族在當代台灣社會中的艱難處境。他的語言一如原住民族的歌聲，遼闊、恢弘而又帶著蒼茫的悲傷。著有詩集《美麗的稻穗》。曾獲「關懷台灣基金會文化獎」。

作品賞析

莫那能的詩，於八〇年代首次發表於《春風詩刊》，立刻受到詩壇矚目，他是第一位用漢字寫出原住民詩歌的原住民詩人，也是台灣的第一位盲詩人。他的詩從原住民的生命之中表現了強韌的生命力，同時也描述出七、八〇年代台灣原住民的集體記憶和遭遇。

〈鐘聲響起時〉和〈歸來吧，莎烏米〉這兩首詩都以原住民女性流落都市成為雛妓的題材入詩，莫那能自謂他寫這些詩時，哭了一晚上。〈鐘聲響起時〉副題「給受難的山地雛妓姊妹們」，這首詩將「老鴇打開營業燈吆喝的時候」和「教堂的鐘聲／又在禮拜天的早上響起」對照，一起筆就顯現了罪惡和聖靈的荒謬對照，次節又以「當客人發出滿足的呻吟後」對比於「我彷彿就聽見學校的鐘聲／又在全班一聲『謝謝老師』後響起」，以凸顯原住民在教育資源不足之下受到的悲命。詩中最沉痛的聲音是「再敲一次鐘吧，牧師/用您的禱告贖回失去童貞的靈魂/再敲一次鐘吧，老師/將笑聲釋放到自由的操場」，以及結語「當鐘聲再度響起時/爸爸、媽媽，你們知道嗎？/我好想好想/請你們把我再重生一次……」，原住民雛妓及其象徵的整體原住民的遭到踐踏，這鐘聲的敲擊，值得台灣社會省思。

〈歸來吧，莎烏米〉則以動人的語言和旋律，透過類似原住民歌聲一般的語言，寫出了對莎烏米這位沉淪都市底層的原住民女性的呼喚，「背上背簍喲/裝滿小米的種子和芋頭/束緊腰頭喲/繫上祖父遺傳下來的彎刀」的歌聲繚繞，使得本詩對莎烏米的呼喚更見沉痛。

◆延伸閱讀

1. 葉笛，〈請看這個人：莫那能——受苦的人沒有悲觀的權力！〉，《台灣文藝》九七期，一九八五年。
2. 胡嘉玲，〈用生命譜出詩歌的本土詩人——莫那能〉，《原住民文化與教育通訊》九期，二〇〇〇年十月，頁一二—一四。
3. 尤芊蘋，〈原住民集體靈魂的唱吟人——莫那能〉，《張老師月刊》三〇二期，二〇〇三年二月，頁三一—三四。

名片

林彧

他們有些已經鼾聲雷動
有些仍在酒肆，有些
在黯澹街燈下踢著空罐頭

這些人那些人，在這裡
在那裡，這些人，或許
在一道陡斜的窄梯上努力攀爬

一個歡宴後的雨夜，我
整理著各式各樣的名片
並且輕輕唸出那短詩般的名字

突然，我忘了他們的
臉孔、聲音、衣著以及
交出、取回名片的理由

他們知道我是誰嗎
在這裡，在那裡，我聽到
無數個我被撕裂的聲音

分貝

十分貝，人的呼吸；二十
分貝，柔風拂過林梢；三十
分貝，壁鐘滴滴嗒嗒；卅五
分貝，營房內有人獨自踱步；

五十到六十分貝，收音機流瀉出
音樂；六十分貝，晚上十點
報社裡的雜沓；六十與八十之內，
孩童在陽光下嬉戲、割草機
在田野上操作；八十到九十，
賽車正激烈；九十到一〇〇，
載重卡車馳過；一〇五，子夜的
電單車開走了；一一〇，
雷響；九十和一二〇
之間，飛機掠去雲片；一三〇，
一四〇，一六〇，一八〇……

然而，在一九八二

幾分貝？一枚流星自夜空
滑落；幾分貝？詩人下班
騎著他的單車；幾分貝？

鑰匙輕轉鎖孔；幾分貝？
墨汁吻上稿紙；幾分貝？
他們忘了測試，這些聲音
一粒豆在地層下生根萌芽
一滴露向著陽光欣欣墜淚
一蕊花仰著臉向陰天微笑
一個人，我，在闃寂長夜
走在記憶的石道上的跫音
彈在微銹的心弦上的琴韻
敲在冰冷的生活上的鼓聲
幾分貝？

他們不知道，不知道如何
測試、記載，這些聲音：
媽媽在蒼茫街頭喊著走失的
稚兒，孩子呼叫陷落礦坑的

爸爸，父親咒罵捲款逃逸的
老闆，還有選舉暗地進行的
交易，還有飛機在藍天上的
解體，還有坦克在遙遠處的
馳騁，以及征戰，以及掠地
這些聲音加上我的血流心跳
幾分貝？總共，幾分貝？

然則，在一九八二
分貝之間，又是什麼聲音？

釘書機

咬牙切齒，那把釘書機

將腹中的細細鐵釘
吐到雪白的文件上
兩樣無干的事
宿命地疊在一起

宿命的我，在文書桌上
細細抄謄著　等因奉此
卻又無端想起，雪地裡
那道綿長的鐵軌
多像白紙上這行墨色字跡

多像啊，弓著背坐在桌前的
我，多像那把釘書機
狠狠地，咬牙
切齒，狠狠地
將日子一疊一疊釘起堆起封起

作者簡介

林彧，本名林鈺錫，一九五七年生，台灣南投人。世界新專編採科畢業，曾任《芙蓉坊雜誌》主編，《時報周刊》副社長，現於故鄉溪頭經營茶行。

林彧十四歲開始寫詩，八〇年代初期以系列都市詩作受到詩壇矚目，他的詩在自然書寫和城市書寫兩大題材上都有優秀表現，特別對於都市上班族的心境，更是入木三分，這使他成為台灣都市詩的代表詩人之一。著有詩集《夢要去旅行》、《單身日記》、《鹿之谷》、《戀愛遊戲規則》及散文集等多種。

曾獲「時報文學新詩推薦獎」、「創世紀詩獎」、「金鼎獎」等獎項。

作品賞析

林彧於八〇年代初期以都市組詩受到詩壇矚目，當時主編《中國時報》〈人間〉副刊的高信疆以罕見的連載方式一連推出十多首他的詩，因而崛起詩壇，被視為都市詩的代表詩人之一，上班族的代言人。這裡選的都是他當時的佳作。

〈名片〉這首詩以都市社會交際需用的名片為題材，在寫實的部分通過名片的交換表達社交的重複、虛假與空虛，但同時也寫出了交換名片的「這些人那些人，在這裡/在那裡，這些人，或許/在一道陡斜的窄梯上努力攀爬」的辛苦和辛酸；詩人接著安排「一個歡宴後的雨夜，我/整理著各式各樣的名片」，突然忘掉這些名片背後的臉孔、聲音、衣著以及交出、取回名片的理由，最後「我」撕掉了這些沒有臉孔、聲音、衣著的名片，並問「他們知道我是誰嗎／在這裡，在那裡，我聽到／無數個我被撕裂的聲音」。整首詩到此戛然而止，從「名片」轉喻為「無數個我」，由實入虛，現代人、都市人的異化就呈現出來了，都市上班族的面容模糊、聲音瘖啞的悲哀，也就一覽無遺了。

〈分貝〉巧妙地運用了現代科技計量噪音的數據單位，表現都市生活、人生的雜沓、無趣，詩人將分貝的計量轉用於生活品質、人生意義的究詰，使得全詩充滿科技與人文、物質與精神、量與質的辯難，因此見出此詩的重量。詩分三段，從靜到動，從自然到文明到生活，逐漸推展；第二段質疑分貝能否測量一枚流星自夜空滑落、詩人下班騎著他的單車、鑰匙輕轉鎖孔、墨汁吻上稿紙的聲音？接著則是究問更生活的、更人間的聲音，如何用分貝來測量？一連串的質問，使此詩的暈染情緒和氣氛不斷拔高，彷如疾雨陣雷。結語「然則，在一九八二／分貝之間，又是什麼聲音？」看似贅語，實則表現了帶有禪意的機鋒。分貝測量噪音，測量噪音的分貝與測量噪音的分貝之間，又是什麼聲音，就留給讀者去參詳了。

〈釘書機〉也是，這首詩以上班族每天在辦公桌上常用的文具釘書機為題材，透過釘書機的機械特性，「咬牙切齒，那把釘書機／將腹中的細細鐵釘／吐到雪白的文件上／兩樣無干的事／宿命地疊在一起」，反射每日案牘勞形的上班族生活和命運，與此釘書機無異，「多像啊，弓著背坐在桌前的／我，多像那把釘書機／狠狠地，咬牙／切齒，狠狠地／將日子一疊一疊釘起堆起封起」。余光中說：「林彧的這一組詩都是語言純淨，意象簡單，然而運筆如刀，又狠又準，一舉而中主題的要害。」

延伸閱讀

1. 余光中，〈拔河的繩索會呼痛嗎？序林彧的第一本詩集〉，《七十三年文學批評選》，爾雅出版社，一九八五年，頁一四三－一六七。

2. 黃永武，〈出色的詠物詩〉，《聯合文學》一卷一〇期，一九八五年八月，頁二一三。

3. 林燿德，〈組織人的病歷表：論林彧有關白領階級生存情境的探索〉，林彧詩集《單身日記》，希代出版社，一九八六年，頁二〇七－二一九。

4. 李癸雲，〈林彧《單身日記》的現象詮釋〉，《與詩對話——台灣現代詩評論集》，台南縣文化局，二〇〇〇年，頁七七－八九。

5. 朱雙一，〈白領階層的灰色人生和自我迷失〉，《戰後台灣新世代文學論》，揚智出版社，二〇〇二年，頁二七七－二八一。

遺腹子

劉克襄

一八九〇年，……

一九二五年，遺腹子陳念中
喜歡講中文，戰死於噍吧年

一九五一年，遺腹子陳立台
喜歡講閩南語，自戕於一個小島

一九八〇年，遺腹子陳合一
喜歡講英文，病歿於異地

二〇一〇年，遺腹子……

小熊皮諾查的中央山脈

在夜裡，火光使皺紋更深了
眼眶也陷進去，隱藏著
比悲憫還厚的眸光
你蹲坐在鬆垮的背袋
只剩爐架上烘烤的玉蜀黍
那是今夜以及一生的糧食

明晨要像隻水鹿穿過針葉林
聽聽松蘿懸垂的肅穆聲音
中年白髮的鹿野忠雄就是這樣旅行的
從小把靈魂寄託給台灣
一個人背著三十年代，七訪雪山

你也要朝一座沒有回路的山脊出發
不留後代，只孤立起矮胖的身影
讓頭骨蓋滾下碎石坡

那是樟樹、檜木、鐵杉逐一消失的地帶
四百年的不安
僅存一片寒原的寧靜
眼淚從鼻尖撲簌滑落
適進火焰熊熊的夢中
一個自然學家的一生
孤獨啊孤獨
讓星鴉叫醒死亡
讓石虎噬咬肉身
讓冬夜掩埋靈魂

◆作者簡介

劉克襄，一九五七年生，台灣台中人。文化大學新聞系畢業，曾任《台灣日報》副刊編輯，《自立晚報》藝文組主任兼副刊主編、《中國時報》〈人間〉副刊撰述委員，現任中央通訊社董事長。

劉克襄大學時代開始寫詩，其後開始小說、散文、自然書寫，是台灣有名的「鳥人作家」，他的詩出入於個人與社會、自然和人文之間，兼及台灣歷史的注視，寫出政治變遷年代知識份子的苦悶，以及台灣自然人文的豐繁。著有詩集《河下游》、《漂鳥的故鄉》、《小鼯鼠的看法》及小說、散文、報導、自然教育著作等多種。

曾獲「吳三連報導文學獎」、「時報文學敘事詩推薦獎」、「台灣詩獎」、「自然保育獎」、「小太陽獎」等多種獎項。

◆作品賞析

劉克襄，是詩人、小說家、散文家，也是一位優秀的編輯，年輕時他以政治詩崛起，中年後則遁入山林，別開自然書寫生面。

〈遺腹子〉是劉克襄寫於一九八三年的作品，其中帶有對台灣政治和歷史的凝視和迷惘。此詩以「一八九〇年，……」開始，時間點放在大清帝國割台前五年，刪節號的使用有「夫復何言」的感慨，也有玄奇以期引發讀者閱讀下文的用意；接著是「一九一五年，遺腹子陳念中/喜歡講中文，戰死於噍吧年」，寫的是余清芳、羅俊和江定反日的「噍吧年事件」（又稱「西來庵事件」），規模甚大，事件結束後，計有起事的余清芳等九十五人遭判死刑；再接著寫「一九五一年，遺腹子陳立台／喜歡講閩南語，自戕於一個小島」，這個階段，國民黨來台，白色恐怖始；接著是「一九八〇年，遺腹子陳合一／喜歡講英文，病歿於異地」，此時剛爆發美麗島事件不久，審判也在此年；最後結於「二〇一〇年，遺腹子……」。此詩以台灣歷史的三個關鍵時點切入，描述陳家歷經三個朝代統治的悲哀，「陳念中」、「陳立台」到「陳合一」這三個遺腹子象徵三個不同統治者底下的台灣人，他們的名字則暗示對於台灣涉外關係的三種不同思考，他們無論戰死、自戕或病歿，都是「遺腹子」的不斷出現；而這些「遺腹子」使用的語言，從「講中文」、「講閩南語」到「講英文」，也隱喻台灣人糾葛在中國化、台灣化與全球化之間，不易脫身，主體性猶疑／游移的困局。處理歷史和政治題材，以如此簡約的文字，而能帶來深沉的喻示，相當不簡單。

〈小熊皮諾查的中央山脈〉是近期作品，詩人詠讚日治時期將一生奉獻在研究台灣的博物學者、登山家鹿野忠雄，兼有自勉、效法鹿野範式之意，詩從「你」在台灣中央山脈夜裡生火寫起，「在夜裡，火光使皺紋更深了／眼眶也陷進去，隱藏著／比悲憫還厚的眸光」，第二段則懷想、對比三〇年代中年白髮的鹿野忠雄來到台灣，進入中央山脈七訪雪山的舊事，自許「你也要朝一座沒有回路的山脊出發／不留後代，只孤立起矮胖的身影／讓頭骨蓋滾下碎石坡」，在這敘述下，「你」與鹿野已經合而為一。詩人藉著台灣歷史和高山人文的背景，自然融入了個人志業，讀來動人。

◆延伸閱讀

1. 宋冬陽，〈台灣詩的一個疑點：試論劉克襄的詩〉，《台灣文藝》九五期，一九八五年七月，頁三七—五〇。
2. 林燿德，〈獏的蹄荃：劉克襄詩作芻論〉，《文藝月刊》二〇四期，一九八六年六月，頁四四—五六。
3. 吳潛誠，〈變色龍詩人：劉克襄的敘述觀點〉，《當代》二三期，一九八八年三月，頁一四四—一五〇。
4. 孟樊，〈隱而不露的批判家：評劉克襄的詩與隱遁者〉，《台北評論》五期，一九八八年五月，頁一九八—二一一。
5. 李敏勇，〈飄搖之島的遺腹子〉，《台灣詩閱讀——探觸五十位台灣詩人的心》，玉山社，二〇〇〇年，頁二二八—二三〇。

衣櫃

路寒袖

比一甲子還老的衣櫃
是一座巍峨的黑巖
悄靜的聳立在無夢的天窗下
將祖母的一生鎮壓在我們王家

我打開衣櫃的門
鑲著明亮的鏡子
死了近六十年的祖父
站在裡邊
身穿風衣，戴著絨帽
他脫下那件祖傳的舊風衣
披到我身上

我搜索衣櫃
衣架上掛著祖母
二十歲、三十歲……
到八十歲的髮絲
我拿它們來牢綁家中的
每一根樑柱與椽楹
我拉出衣櫃的抽屜
左邊是日據
滿是整齊規矩的領帶
右邊是民國
一疊嚴重發霉的回憶
底下的，上了鎖
祖母說，鑰匙要重新打造

我關上衣櫃的門
祖父還在那裡
激動的指指他頭上那頂

從中國南京買回來的絨帽
我微微一笑
無意伸手去接

春天的花蕊

雖然春天定定❶會落雨
毋過❷有汝甲阮來照顧
毋論天外烏❸雨會落外粗
總等有天星來照路

汝是春天上水❹的花蕊
為汝我毋驚淋罵澹糊糊❺
汝是天頂上光彼❻粒星
陪汝我毋驚遙遠佮葛艱苦

春天的，春天的花蕊歸山墘❼
有汝才有好芳味
暗暝的，暗暝的天星滿天邊
無汝毋知佗位❽去

【註】

❶定定：常常。
❷毋過：不過。
❸外烏：多麼黑。
❹上水：最美。「上」也同「尚」；「水」同「帥」。
❺澹糊糊：濕淋淋的。
❻彼：那。
❼歸山墘：滿山坡。
❽佗位：哪裡。

作者簡介

路寒袖，本名王志誠，一九五八年生，台灣台中人。東吳大學中文系畢業，曾任《中國時報》〈人間〉副刊撰述委員、《台灣日報》副總編輯兼藝文中心主任、文化總會副祕書長、台中市文化局長等職。

他的創作以詩、散文為主，兼及台語歌詩。他的詩作，早期浪漫多愁，近期則通過對家族、土地和現實的書寫，表現出沉穩、細緻的人文感覺，而在台語歌詩部分更能刷新舊有歌詩格局，別開新路，傳唱城鄉，深獲喜愛。著有詩集《早，寒》、《夢的攝影機》、《春天的花蕊》、《我的父親是火車司機》、《路寒袖台語詩選》及散文集等多種；另有音樂出版《春雨》、《戲夢人生》、《畫眉》、《台北新故鄉》、《少年台灣》等。

曾獲「金曲獎」、「金鼎獎」、「賴和文學獎」、年度詩獎等獎項。

作品賞析

路寒袖年輕時與詩友共組「漢廣詩社」，發行《漢廣詩刊》，崛起詩壇。早期的詩，如其筆名，帶有濃厚的浪漫古典色彩，其後走回土地與人、社會與生活的定點，寫出不少傳唱城市和鄉間的台語歌詩，那是一九九一年後的事。

〈衣櫃〉以祖母的「比一甲子還老的衣櫃」為題材，在詩人筆下，祖母的衣櫃是「一座巍峨的黑巖／

悄靜的聳立在無夢的天窗下／將祖母的一生鎮壓在我們王家」，詩一開始就有揭開家族史的寓意。第二段以我打開衣櫃的門，看到死了近六十年的祖父站在裡邊的魔幻筆法，寫對祖父的想念，「他脫下那件祖傳的舊風衣／披到我身上」，意味著血緣和宗嗣的傳承。接著是祖母，詩人通過搜索衣櫃，看到「衣架上掛著祖母／二十歲、三十歲……／到八十歲的髮絲」，髮絲暗喻對祖母一生的思慕與思念，所以「我拿它們來牢綁家中的／每一根樑柱與椽楹」。接下來這一段，翻轉到台灣歷經日治與民國的歷史回憶，將祖母衣櫃加以連結，「左邊是日據／滿是整齊規矩的領帶／右邊是民國／一疊嚴重發霉的回憶」，隱含著祖父母對兩個統治年代的評價，神來之筆是接下來「底下的，上了鎖／祖母說，鑰匙要重新打造」，則暗喻走過兩個年代的台灣人內心深處的想望，深鎖，所以要重新打造。詩末又是一個暗喻，詩人藉由「祖父還在那裡／激動的指指他頭上那頂／從中國南京買回來的絨帽／我微微一笑／無意伸手去接」，寫出新的一代在血脈與宗嗣傳承之外，仍有自主選擇的權利。

〈春天的花蕊〉是一首台語歌詩，這首詩曾被候選人選為競選歌曲，因此為人熟聽，若從歌詩角度看，詩作傳達人間情愛的堅定不移，春天的花，暗夜的星，以及我與你的情深愛深，都處理得含蓄而有餘味。加上此詩台語使用順暢流利，語境優美，既上承台灣歌謠的深厚韻味，又能脫台語流行歌詞的散淡而出新意，顯示詩人台語歌詩創作的功力。

◇延伸閱讀

1. 彭金瑞，〈台灣正在雲霧旋起處——寄語憂鬱詩人路寒袖〉，《民眾日報》，一九九二年八月二十八日。

2. 賴芳伶，〈路寒袖詩歌的社會關懷〉，《台中縣作家與作品論文集》，文建會，二〇〇〇年，頁三六三—四〇二。

3. 楊翠，〈與大地母胎同聲唱和——路寒袖的人與詩〉，《幼獅文藝》五八二期，二〇〇二年六月，頁一八—一九。

4. 李敏勇，〈藏在衣櫃裡的歷史〉，《台灣詩閱讀——探觸五十位台灣詩人的心》，玉山社，二〇〇〇年，頁二四〇—二四二。

網路情人

侯吉諒

我總是非常安靜的進入妳
掩藏在化名之後，在密密麻麻的網址中
和許許多多的名字擦身而過
恍如佇立華燈初上的街頭，茫然
與一個不確定的身影發生感應
留下深沉的惆悵，而後我
終於一層層打開妳
身體隱祕部位的皺褶，那些網頁中
彷彿有體液的暗香隱隱分泌
夜深而孤獨的時候，他們
如冬蟄的昆蟲紛紛爬出夏天濕熱的洞穴

向電子激盪的次空間聚攏
用文字伸出慾望的觸鬚，挑逗
陌生的身體，用想像滋潤自己
所有的傾吐與交談都像衛生紙
用來擦拭冷寂心情的浮躁
那種空虛，像孤獨的排泄
沖入馬桶的漩渦，在子夜迴盪

沒有人能夠確定
在終端機、數據機以及複雜的線路後面
也許近在咫尺也許遠在天涯的那個人
叫什麼名字，究竟
是男，是女

鋼琴四手聯彈

所有的樂器都是身體
像世間的男男女女
都在各自的旋律中前進
不斷尋找對位與共鳴，而又不斷
在眾聲喧嘩中，分分與合合

而我們彈琴的手是彼此的樂器
時時互相交纏，以靈魂契合的方式
穿越彼此的身體，進入
最溫暖內在的角落
在快板的樂句中不斷翻騰
急切前進，以歡愉的姿勢

兩雙蝴蝶般在春天飛舞追逐
太陽初現的耀眼光芒與騷動
宇宙創生的大霹靂
穩穩的向上帝的位置靠近
且等待最後
夢一般的飛翔
真空中的漂浮，且沉思
休止符般絕對安靜的意義
然而我們是彼此的樂器
因分開而樂章中斷
而寂寞致死

◇作者簡介

侯吉諒，一九五八年生，台灣嘉義人，中興大學食品科學系畢業。曾任《時報周刊》編輯、海風出版社總編輯、《聯合報》副刊編輯、未來書城總經理，現專事創作及書畫篆刻。

侯吉諒為藝術全才，同時從事詩、散文、繪畫、書法、篆刻等創作。他的詩表現現代科技社會的課題，對於城市書寫和網路現象尤多著墨，試圖開創現代詩的新題材。著有詩集《詩生活》、《如畫》、《交響詩》以及散文集、書畫集等多種。

曾獲「時報文學獎」、「國軍文藝金像獎」、「教育部文藝創作獎」等獎項。

◇作品賞析

詩壇兼擅書藝繪事者，侯吉諒是其中亮眼的一位。侯吉諒從年輕時代就以詩聞名，他的詩作，擁有濃厚的古典文人韻緻，典雅、濃稠，而又帶有冷冽、銳利的現代性。

〈網路情人〉一詩，深刻觸及網路虛擬世界中不確定身分、性別，「用想像滋潤自己」的「網交」情愛，這首詩以網路的「匿名」特性，「我總是非常安靜的進入妳/掩藏在化名之後，在密密麻麻的網址中」，來表現網路社會虛擬情欲和現實人生愛情的異同，所以時虛時實，虛實相映，也表現出一種對照、辯論的趣味來，一如「終於一層層打開妳/身體隱祕部位的皺褶，那些網頁中/彷佛有體液的暗香隱隱分泌」一般。通過網路與電子空間，在詩人筆下，網交猶如「用想像滋潤自己」，「所有的傾吐與交談都像衛生紙/用來擦拭冷寂心情的浮躁/那種空虛，像孤獨的排泄/沖入馬桶的漩渦，在子夜迴盪」，批判而不失幽默。本詩最後一段，寫出網路世界因為匿名而出現的另一個特質：性別的混淆、消失，與地理空間的混同、趨近，因為「沒有人能夠確定/在終端機、數據機以及複雜的線路後面/也許近在咫尺也許遠在天涯的那個人/叫什麼名字，究竟/是男，是女」，發人深省。

〈鋼琴四手聯彈〉延續著侯吉諒華麗、優美的風格，鋼琴四手聯彈，以二十根手指在同一架鋼琴八十八個黑白分明的琴鍵起落，並表現出和諧、美妙交響樂般的樂音，有珠連璧合的完美感覺。詩人以此為想像出發點，在這首詩中盡情揮灑，男人與女人的愛情，透過與鋼琴四手聯彈一樣的琴鍵起落，肢體晃動，以及靈魂契合，「穿越彼此的身體，進入／最溫暖內在的角落／在快板的樂句中不斷翻騰」，讓人也有聆聽聯彈的歡愉酣暢。「我們是彼此的樂器／因分開而樂章中斷／而寂寞致死」，既是鋼琴四手聯彈特性，也是男女情愛的本質。

◆延伸閱讀

1. 洛夫，〈孤寂之花——序侯吉諒詩集《城市心情》〉，《創世紀》七一期，一九八七年八月，頁六四—六七。
2. 向陽，〈想像與真實的交響〉，《聯合報・副刊》，二〇〇一年五月二十一日。
3. 孫梓評，〈聆聽，交響詩——訪問侯吉諒〉，《文訊》一八八期，二〇〇一年六月，頁七一—七四。

脫落的寇丹

江文瑜

鮮紅寇丹瞬間消失
帶領手指頭
穿越他突出的雙唇
隧道入口
他吸吮她的無名／無明　指
指／紙上一節一節車廂劇烈搖晃
寇丹碎裂
脫落油漆黏在發黃的門　牙／衙

飄散天空的扣（押）單
消息送到太平洋彼岸的他
家鄉再也不是飛機降落
或輪船靠岸的終點

放逐的浪子只能藉波潮／撥巢
聽見故鄉父親的中風或母親的痛風
風聲
依舊掃過天外飛來的一筆　黑扣單

落滿一地的扣（押）單
特務的吉普碾過
車身忽然顛陂／癲潑
地上的名字畏寒打噴嚏
聽見懲治叛亂條例21
來到（押）房
滿屋都是只穿內褲的幽靈
因為收聽對岸廣播
身上插一朵紅花
家裡藏一本歷史唯物論
帽子上鑲一顆星星
風聲

依舊掃過地下飛來的一筆　紅扣單

隱形的扣（押）單
隨風吹到他們聚會地點
整批軍警蜂擁踢破緊閉大門
槍桿敲碎脆弱的玻璃窗
燈還點亮
為何空無一人
有人通報裡面正在舉行讀書會
有人通報裡面正在密謀阻擋／組黨
風聲
依舊掃過樓房吹來的一筆　爛帳／爛仗

鉗子正摳他的指甲
要逼出扣押的理由
他的雙手瞬間沾滿
那比鮮紅還要豔麗的寇丹

◆作者簡介

江文瑜，一九六一年生，台灣嘉義人。台大外文系畢業，美國德州大學奧斯汀分校碩士，美國德拉瓦大學語言學博士，曾任台北市女性權益促進會理事長、女學會監事，現任台灣大學語言學研究所教授。

她於九〇年代開始寫詩，她的詩採取顛覆男性霸權的策略，扭轉刻板的傳統女性形象，以情欲書寫為手段，彰顯女性自主意識；此外，她也以詩書寫女性生命史，表現對台灣歷史的省思、社會的觀照，以及對當代台灣政治的批判，而有別於八〇年代男性詩人筆下的政治書寫，再開新境。著有詩集《男人的乳頭》、《阿媽的料理》及其他著作多種。

曾獲「陳秀喜詩獎」、「吳濁流新詩獎」、「十大傑出女青年獎」等獎項。

◆作品賞析

要如何解讀江文瑜呢？一九九八年她以「黑馬」之姿出版《男人的乳頭》，一舉翻轉男性霸權，重寫女性聲音，她從女性主體出發，逆轉傳統父權看待女性，以及傳統女性看待父權的性別意識，為女性書寫樹立了一道里程碑。

從江文瑜的詩開始，女性正面凝視男性，不再沉默於既有父權及其霸權文化的遂行，她採取的是從語言和話語的場域進行顛覆，顛覆語言，創造話語，可能是她相當明確的政略，如男性習慣的三字經或髒話，皆為她所刻意且大膽翻轉、改裝、反置／反制，形成特殊、強悍但又具備思想深度的書寫風格。這裡選的不是她的名詩〈男人的乳頭〉，而是她改變詩風、詩路（主要集中於《阿媽的料理》）的詩作〈脫落的寇丹〉。

這首詩維持著江文瑜前階段對諧擬語言的嗜好、對性別、身體語言的借用等詩風，但主題則轉於對政治迫害或壓制的嘲弄與反抗，詩以白色恐怖年代白色政權對紅色思想的檢肅為背景，染上紅色的白指甲，是「寇丹」的符號本意，指控紅色思想的白色「扣單」則為符號聯想意涵，詩人以「寇丹」諧擬「扣（押）單」，寫出遭到「懲治叛亂條例」法辦的「叛亂犯」／「思想犯」遭受逮捕、用刑的種種不堪遭遇，「顛陂／癲潑」、「阻擋／組黨」、「爛帳／爛仗」等同聲異義字詞的運用，喻示此詩對於異議／意義的再反省與再定義，詩人以語言學博士對語言作為符號，符號表徵與內涵之間錯綜蘊義的敏銳感應寫出此詩，跳開一般政治詩的舊格局，新詮霸權宰制本質，相當值得重視。

結句「他的雙手瞬間沾滿／那比鮮紅還要豔麗的寇丹」，反諷中尤見悲痛。

◆延伸閱讀

1. 徐開塵，〈江文瑜新詩，邀讀者品賞〉，《民生報》，二〇〇一年十二月十三日。
2. 趙慧琳，〈江文瑜以食物建構女性史詩〉，《聯合報》，二〇〇一年十二月十六日。
3. 伊里，〈江文瑜《阿媽的料理》上桌〉，《中國時報》，二〇〇一年十二月十五日。
4. 江寶釵，〈一隻女的螞蟻要上樹〉，《聯合報》，二〇〇二年二月四日。

車站留言

陳克華

阿美阿草
我先搭11點37的南下了　我並不恨你
如果颱風明天到達
來電：(00)7127ㄓ998ϕ
父留。孩子記得我
先生下再說
錢，不要等我了
我家不在台北ECHO: ECHO
欠你的
工作已找著
很久很久以後，本質
和現象衝突　得很厲害

祝　快回家
三隻母雞和甘藍菜
都好
你最真誠的愛匆此
再還你。

今生

我清楚看見你由前生向我走近
走入我的來世
再走入來世的來世
可是我只有現在。每當我
無夢地醒來

便擔心要永久地錯過
錯過你，呵——

我想走回到錯誤發生的那一瞬
將畫面停格
讓時間靜止：
你永遠是起身離去的姿勢。
我永遠伸手向你。

◆作者簡介

陳克華，一九六一年生，山東汶上人。台北醫學院醫學系畢業，美國哈佛醫學院博士後研究員，現任台北榮民總醫院眼科主治醫師。

他從年輕時就開始詩的創作，詩風多次轉變，從最初的浪漫、清純到中年之後以情欲為題材，深掘人性底層，以政治為題材，不掩其憤怒批判，都受到矚目。著有詩集《騎鯨少年》、《我撿到一顆頭顱》、《我在生命轉彎的地方》、《欠砍頭詩》、《你便是我所有詩與不能詩的時刻》等多種。

曾獲「時報文學獎」、「聯合報文學獎」、「金鼎獎」、第一屆「陽光詩獎」等多種獎項。

作品賞析

〈車站留言〉是陳克華所寫一篇具有後現代書寫風格，且又能表現現實主義關注小人物精神的好詩，這首詩模擬見於早期車站的留言板書寫文字，透過特意的選擇和排列，表現了芸芸眾生的悲喜哀樂，以及不同留言者、不同留言，混置於一塊小小空間之後，產生的混雜文本和文本變異狀態，具有後現代書寫拼貼、鑲嵌的書寫趣味，同時也產製了新的意義。詩中的留言其實是互相覆蓋、互相侵襲也互為詮解的。以第一行到第二行來看，可能是最完整的文本了，然則「阿美阿草」顯然是留言的收／發兩端，詩人將兩個名字排在一起，就產生了一種誰收誰發的混淆狀態，這一方面是多數車站留言板的實際狀態，一方面也技巧地表現了詩人對公眾留言板主體混淆的暗喻。這首詩接下來的「狀態」更「後現代」，如「來電‥(00)7127ㄓ998φ」的符號表現，宛如天書，這首寫於一九九二年網路書寫尚未鼎盛之際，彷彿預示了網路年代來臨之後，符號文本的誕生，「父留。孩子記得我／先生下再說」則如無厘頭文字，意義不明，其他各行都是如此。這首詩必須反覆研讀，才會發現，詩人其實是把留言板上的文字隨意湊置（當然也有可能是先來後到的留言者，受限於空間而形成），這首詩的文句本來可能是可讀的（如10、9、17、7句子勉強拼湊，可讀出「工作已找著」「欠你的」「再還你」「錢，不要等我了」），經過詩人打散重新拼貼，就成為不可解的文本——這當中顯示後現代書寫的遊戲特質，不過，這豈不也暗示著人生的荒謬、複雜和不可解。詩人從真實人生和社會現實中找到這種荒謬，重構這種荒謬，足見他的現實敏銳度。

〈今生〉這首詩，則表現了另一種敏銳，這首詩以淺顯用語表現對於情愛本質的梳理，語言知性，內涵則具有濃烈的感性。「我清楚看見你由前生向我走近/走入我的來世/再走入來世的來世/可是我只有現在。」意謂的是，相對的，妳卻從來沒有走入我的「現在」，所以儘管兩人前生、來世，以及來世的來世都有緣，今生卻無緣，今生有恨，前生來世又如何？所以本詩末節「我想走回到錯誤發生的那一瞬/將畫面停格/讓時間靜止：/你永遠是起身離去的姿勢。/我永遠伸手向你。」就成了無可奈何的憾恨。這是一首以無言的姿勢寫無緣之情，不帶傷感字句而字字感傷的好詩。

◆延伸閱讀

1. 許悔之，〈無邪的工作：關於陳克華的詩〉，《藍星詩刊》一三期，一九八七年十月五日，頁八〇—八五。
2. 李祖琛，〈人生與宇宙是詩人永恆的主題——評陳克華〈我撿到一顆頭顱〉〉，《聯合文學》五卷四期，一九八九年二月。
3. 鄒桂苑，《拼貼當代台灣情色文學地景——陳克華詩作文本探勘》（淡江大學中國文學研究所碩士論文），一九九八年。
4. 吳夙珍，《陳克華新詩研究》（中正大學中國文學研究所碩士論文），二〇〇〇年。

山是一座學校

——給原住民兒童

瓦歷斯・諾幹

山，怎麼會是一座學校。
黑板，粉筆在哪裡？
老師，會不會
手握兇猛粗暴的藤條？
黑亮的眼睛發問著
問號宛似天上的星群
親愛的孩子，請揮掉
你腦海中所有的疑惑
簡簡單單地
用腳掌去感覺踏實
用肌膚感受風的愛撫

用手心觸摸山的容顏
用一顆心推開山的門窗
你會發現到
它正悄悄地敞開校門
柔聲地說：請進，孩子

孩子，請進……
推開第一扇門
你將發現
是一座沒有黑板的教室
天空二行字，請用力讀
　把手伸開，當翅膀
　把腳站穩，當車輪
操場就是寬廣的草原
你將與野獸一同捉迷藏
和星星親密地交談
樹藤和你玩跳繩比賽

流水教你歡唱童謠
這正是山所教導的第一課
　把身體交給大自然

第二座教室只有空白的天空
但飛鳥與你們一同上課
牠帶領你昇高翱翔
熟悉每條河流的歌譜
熟悉每株林木的服裝
熟悉每座山的脾氣
冷了，白雲為你披圍巾
累了，就在樹林的肩膀
和松鼠一起休息

離開第二座教室
山徑會通向山的屋頂
在那裡，你有一扇

四面敞開的窗戶
暴雨會搖撼妳的身軀
冷雨會拉扯妳的衣服
狂風會吹亂你的視野
你們會看到
柔弱的草，謙遜地彎腰
龐大的石頭，堅忍地立正
頑皮的松鼠，機伶地午睡
落葉，將重回泥土的懷抱
它們，依然生活下來
像山的胸膛
藏著千百年的深豁
像山的歷史
充滿億萬年的驚奇
像山的志節
誰也不許令它改變

第四座、第五座——教室
以至於第無數座教室
你將發現自己是學生也是老師
你的眼睛你的皮膚你的手腳
甚至於你的耳朵都是最好的老師
當山的校園敲起上課的鐘聲
你要自己找椅子上課
風霜雨雪可能是一枝鉛筆
一本書、一架鋼琴，或是
一座實實在在的體育場
因為你正是山的孩子
有天，當你們下山
來到城市來到鷹架上
來到礦坑來到辦公室
你們將和不同語言的人
不同習慣的族群
不同膚色的人群

共同生活
請永遠記住，緊緊地
記取山的教誨
好讓島嶼每一個角落
矗立著一座座
英挺的山

◇作者簡介

瓦歷斯．諾幹，泰雅族人，漢名吳俊傑，一九六一年生於台灣台中。台中師專畢業，曾任國小教師，現已退休。曾主持台灣原住民文化運動刊物《獵人文化》及台灣原住民人文研究中心。

瓦歷斯．諾幹作品涵蓋詩、散文、評論、報導文學，他的詩作運用原住民的歌謠和韻律，展現異於漢族詩人的想像和音韻，以及雄渾而驃悍的文字風格。著有詩集《山是一座學校》、《伊能再踏查》、《想念族人》、《戴墨鏡的飛鼠》等多種。

曾獲「聯合報文學獎」、「聯合文學小說新人獎」、「台北文學獎」散文首獎、「陳秀喜詩獎」、文學年金、年度詩獎等獎項。

作品賞析

在台灣的原住民詩人之中，出身泰雅族的瓦歷斯・諾幹是創作量最豐富，越界書寫最多的一位，整個九〇年代，他在各項重要文學獎中大有斬獲，頻頻得獎，光是現代詩，就連獲時報文學獎三次，小說也曾勇奪聯合文學獎和聯合報文學獎，而他又兼擅散文書寫，及於文化評論與報導文學，可以說是一位多方位的詩人作家，這使他不僅在原住民詩人中頭角崢嶸，在同代的台灣作家之中也一樣燦耀奪目。

不過，瓦歷斯・諾幹的主要文學成就還是他的詩，他的詩一如詩人吳晟所說，多取材自部落的生活所見、所思、所感，「因而多數意象十分真實而鮮活」。〈山是一座學校〉以著冷靜的凝視，面對原住民學童，給予期許和祝禱，其中表現了原住民歌謠的重沓悠遠唱腔，轉為韻律，宛然原住民清歌，繞樑不去，讀來悅耳。本詩強調山的豐富，期許原住民學童用身與心與眼睛向山及其周邊的大自然「教室」學習，最後結於「山的孩子」，將來進入社會，無論是在鷹架上、礦坑、或者辦公室，都要像來自「英挺的山」一樣，表現出原住民的尊嚴與精神。這是一首動人心弦的詩，也是可供所有台灣的孩子閱讀的詩。

延伸閱讀

1. 李有成，〈讀瓦歷斯・尤幹的《想念族人》〉，《聯合文學》一一卷二期，一九九四年十二月，頁一一三—一一六。
2. 李敏勇，〈森林，愛和自由的夢〉，《台灣文藝》一五六期，一九九六年八月二十日。

3. 吳晟，〈超越哀歌〉，瓦歷斯・諾幹詩集《伊能再踏查》，晨星出版社，一九九九年，頁六－一六。

4. 向陽，〈來自部落的呼喚〉，《中央日報》，二〇〇〇年一月二十四日。

終端機

林燿德

……………我
迷失在數字的海洋裡
顯示器上
排排浮現
　　降落中的符號
像是整個世界的幕落
終端機前
我的心神散落成顯示器上的顆粒
終端機內
精密的迴路恰似隱藏智慧的聖櫃
加班之後我漫步在午夜的街頭

那些程式仍然狠狠地焊插在下意識裡
拔也拔不去
開始懷疑自己體內裝盛的不是血肉
而是一排排的積體電路
下班的我
帶著喪失電源的記憶體
成為一部斷線的終端機
任所有的資料和符號
如一組潰散的星系
不斷
　撞擊
爆炸

一九九〇

潮汐的背面是古代的電路板
巨大骨骸上布滿細緻晶方
整座世界如此宏偉
要從我的頭蓋骨裡迸裂出來
無從阻撓　這些
獰笑的天使和福音

◇作者簡介

林燿德，本名林耀德，一九六二年生，一九九六年卒，福建同安人。輔仁大學法律系畢業，曾任《四度空間》詩刊藝術指導、《台北評論》主編、書林詩叢主編，尚書文化出版社總編輯、中國青年寫作協會祕書長。

林燿德從高中階段展開他的詩創作，作為早慧的詩人，他從八〇年代開始倡導後現代書寫與都市文學，並且具體實踐在他具有史詩企圖的詩作之中，他的想像力和創發力都十分驚人，除詩之外，旁及小說、散文、評論，都有可觀。在短暫的生命中，他出有詩、散文、小說、評論集三十餘種，獲二十餘項文學獎，編四十餘種選集。著有詩集《銀碗盛雪》、《一九九〇》、《不要驚動不要喚醒我所親愛》等多種，去世後並有《林燿德佚文選》四卷五冊出版。

曾獲「時報科幻小說獎」、「國軍文藝金像獎」、「創世紀詩獎」等多種獎項。

◇作品賞析

一九九六年元月，青年作家林燿德突然病逝，得年才三十四歲，一個年輕作家生命的結束，總是令人扼腕，林燿德才華橫溢、博學多識，他的早逝，乃是文壇的損失。

林燿德的主要表現在詩，他是早慧的詩人，能見人未見，開創新局，他的詩對於星球、戰爭、都市、科技、未來與性的題材，都有表現。〈終端機〉寫於一九八五年，這首詩以當時初起的電腦世界為題材，描述人「迷失在數字的海洋裡」的迷惘，以及對電腦時代來臨的恐懼，是一首同時面對後工業都市文明和電腦科技變遷的好詩。在這首詩中，詩人善用新科技（如「終端機」、「顯示器」、「迴路」、「程式」、「積體電路」、「記憶體」）語彙入詩，使全詩產生了新科技年的情境，並將之與都市上班族的夢魘連結，表現了八〇年代中期之後台灣後工業文明下人的困境：「懷疑自己體內裝盛的不是血肉／而是一排排的積體電路」；即使已經下班，仍然「帶著喪失電源的記憶體／成為一部斷線的終端機」，耐人咀嚼。

〈一九九〇〉這首詩，延續著林燿德對於科技工業的批判與質疑，「潮汐的背面是古代的電路板／巨大骨骸上布滿細緻晶方」，以反諷與對比手法，將遠古自然景象（潮汐、巨大骨骸）與科技工業象徵（電路板、晶方）兩相連結，呈現出高度的嘲弄與反諷，接著出以「整座世界如此宏偉／要從我的頭蓋骨裡迸裂出來」，因此凸顯了科技與人文的相互衝擊，彷彿人腦已為電腦取代，並且「無從阻撓　這些／獰笑的天使和福音」。這首詩很短，但深刻表現了電腦時代來臨之後，現代人面臨的新課題，詩人憂心的是人文精神與自然世界的沉淪，因此出以批判，顯見林燿德對於科技與未來的高度敏感。

◆延伸閱讀

1. 楊牧，〈詩和詩的結構：林燿德作品試論〉，林燿德詩集《銀碗盛雪》，洪範出版社，一九八七年，頁一—六。
2. 張漢良，〈都市詩言談：台灣的例子〉，《當代》三二期，一九八八年十二月，頁三八—五二。
3. 林亨泰，〈與世界同步：林燿德詩作讀後感〉，林燿德詩集《都市之甍》，漢光出版社，一九八九年，頁四—七。
4. 羅門，〈立體掃描林燿德詩的創作世界——兼談他後現代創作的潛在生命〉，「林燿德與新世代作家文學研討會」，一九九七年一月二十六日。
5. 劉紀蕙，〈林燿德現象與台灣文學史的後現代轉折：從《時間龍》的虛擬暴力書寫談起〉，《孤兒・女神・負面書寫：文化符號的徵狀式閱讀》，立緒出版社，二〇〇〇年。

鼠

羅任玲

我是風
是影子裡流浪的一把刀
首尾尖利
是雲朵間顛躓的字眼
終日尋索污濁的眼神愉悅的光

我是鏡面
小心踩著臨鏡時觸及的
一小撮命運
是飛行
飛行背後的一個死結
是相片裡忍耐的火

是發黃口袋裡的一畝水田
是雨
刻意隱藏的芬芳
彎曲之小河

是一再跳躍的影像
是無處不在的
旅人的皮箱
是童年穿過腳印的位置
是雪花
一再燃燒
是跟著新年歡喜流淚奔跑
你不得不畏懼的
一朵凝結之
詩

月光廢墟

被海遺忘的一個字
暈黃地
懸在時間之下
其上是更為暈黃的
一個月亮

被寂靜追逐的
我的童年
像風帆一樣
慢慢跑著
終於越過了雲霧
來到昏暗的家

那時煤油爐正嗶啵響著
母親喚我回去
秋夜的樹叢
有什麼安靜棲止
「是一面鏡子啊」
低下頭的我
只看見時間的陰影
微微　笑著

多年後
我才知道
那是月光的廢墟
孩子們撿拾了碎片
就再也無法回答
遠方的呼喚

而被海遺忘的母親終

於忘了我的小名
無人的果園裡
有誰仍在低頭探問
光陰的蹤跡

◆作者簡介

羅任玲，一九六三年生，廣東大埔人。台灣師範大學國文研究所碩士，曾任《中央日報》副刊中心組長，現專事寫作。

她於一九八四年與許悔之、陳去非等詩友共組「地平線詩社」，崛起詩壇。她的詩善於以小喻大，從生活中擷取題材，卻不為現實所囿，而能突出重圍，展示冷凝的詩思，從微觀中開拓寬廣格局及無窮力量。著有詩集《密碼》、《逆光飛行》、《一整座海洋的靜寂》及散文集等。

曾獲「梁實秋文學獎」、「耕莘文學獎」等多種獎項。

◆作品賞析

羅任玲的詩感覺敏銳，語言風格也獨特，她較常使用冷感意象，使詩在森冷、寂然中表現哀傷與某種祕密詭譎的情境。〈鼠〉與〈月光廢墟〉都有這種特色。

〈鼠〉見於詩集《逆光飛行》，從「鼠」的意象來看，此詩看似寫鼠，而又與鼠無關，除了首節「我是風／是影子裡流浪的一把刀／首尾尖利／是雲朵間顛躓的字眼／終日尋索污濁的眼神愉悅的光」，有著鼠的形象連結之外，其他各節，延續「我是……」的各種意象聯想，則幾乎都與鼠無涉，於是首節的「我是鼠……」也就統整於此一意象系統之中，只是它算是居首的意象，一如十二生肖以鼠為首。讀者必須等到完全讀畢，才豁然了解，原來我是鼠、是鏡面、是飛行、是雨、是無處不在旅人的皮箱……等這些「一再跳躍的影像」，無論如何幻變、跳躍、斷裂，終其極都是「是跟著新年歡喜流淚奔跑／你不得不畏懼的／一朵凝結之／詩」。因此，這是以詩證詩的詩，是詩人對於詩的詮釋，詩美學的提出，其中的種種意象符號，在隱喻與轉喻之間，表現出詩人的創作理念，和風格所在，正可見出羅任玲詩風森冷所在，如「影子裡流浪的一把刀」、「飛行背後的一個死結」、「發黃口袋裡的一畝水田」、「跟著新年歡喜流淚奔跑」以及結句都是。

〈月光廢墟〉同樣如此，這是一首極富想像力的詩，魔幻而有寫實的詩，商禽說這首詩「很成功地營造出一個昏暗、暗啞境界」，指出本詩「詩中的意象都不是很明亮」，剛好也印證了羅任玲詩風的森冷。這首詩以「被海遺忘的一個字」寫起，到「其上是更為暈黃的／一個月亮」，把唐代張九齡名句「海上生明月，天涯共此時」的既有象徵顛覆掉了，張九齡的明月有「情人怨遙夜，竟夕起相思」的意涵，羅任玲則是童年與母親的遙念。所以接著展開的，就是「被寂靜追逐的／我的童年／像風帆一樣／慢慢跑著／終於越過了雲霧／來到昏暗的家」，導引讀者尾隨進入「月光廢墟」，與孩子們一起「撿拾了碎片」。這首詩，有著傷感，但傷感通過詩人暈黃的、森冷的、昏暗的意象處理，反倒淡淡地生出了更多的月光。

◇延伸閱讀

1. 張默，〈飛越感覺極限——讀羅任玲詩集《密碼》〉，《創世紀》七八期，一九九〇年三月，頁九九——一〇一。
2. 張國治，〈讀詩札記——駕感覺翅膀想像飛翔的羅任玲〉，《台灣詩學季刊》一三期，一九九五年。
3. 劉叔慧，〈光、夢境和一個挑嘴的女人〉，《聯合報》，一九九八年八月三日。

一滴果汁滴落

鴻 鴻

一滴果汁滴落在
我正在讀的詩上
我沒有立即擦拭；
慢慢暈開了
這一行的氣味，韻律，情緒綿長。
一滴果汁滴落，落在
一位遠方詩人新成的詩作，
他曾在無知的年少下放
到更遠的遠方做鍋爐工、煤爐工、車間操作
在那兒認識了漂鳥草葉和只存在夢裡的姑娘
入獄，平反，突然又被派去管理倉庫，投閒置散
這一切都沒有人在意；

四十七歲的某一天，窗外的櫻花開了
他想起幼年的小巷，通往那
內心幽深盡頭的海洋，記憶陽光一樣射入
牆面的塗鴉，多麼像一首精心安排的詩，乘風
飛過
海洋，降落在我的書桌上
我喝著果汁，心不在焉地
等著夏天過去。童年的夏季
我偷過母親的錢筒打過哥哥欺騙過老師
長大後的某一天，忽然發現自己還愛著一個以上的女子，於是開始寫詩
長大後的哥哥教我，喝完鋁箔包
要把它壓扁，減少地球負荷的垃圾
也算是救贖人類的罪惡吧
我順手一擠，一滴殘餘的果汁
濺落在詩人的小巷裡。　　一滴
果汁，誰知道它來自
遙遠的南非還是哪裡？它在果園內

聽不見外面的示威，抗爭，歧視，也沒有人在意過
這麼一顆陰暗的果子。
它無所謂地生長
無所謂地被擠壓封藏
又無所謂地

滴落；
或是滿懷盼望地成長
痛楚地被擠壓，而後
憂傷地滴落——
沒錯，這些不過是詩人任意的猜測
我們無以憑藉
只有它最後的芬芳

和顏色，鮮明
鵝黃，凝固在一首詩上
當手輕撫，光滑的紙面
完全無法顯示它和那些字跡的存在
然而又如此觸目，彷彿

為了證明回憶的堅定，飽滿
香馥，甚至帶有甜意
沒有人會誤會
它是一滴淚水。

◇作者簡介

鴻鴻，本名閻鴻亞，一九六四年生，台灣台南人。國立藝術學院戲劇系畢業，曾任《表演藝術雜誌》、《現代詩》主編，劇場及電影編導，現為黑眼睛跨劇團藝術總監。

一九八二年加入「漢廣詩社」，開始寫詩，他的詩作具有明確的現場感覺，通過流暢的語言表現時間和空間的流動，因而表現詩的鮮明場景。著有詩集《在旅行中回憶上一次旅行》、《黑暗中的音樂》等，另有散文、小說、劇本、劇評、報導等著作多種。

曾獲「時報文學獎」、「聯合報文學獎」新詩首獎等獎項。

◇作品賞析

鴻鴻的作品，具有場景、鏡頭和現場感，這首〈一滴果汁滴落〉，可以證明。

這首詩以一個詩人在閱讀詩作的過程中發現「一滴果汁滴落」開啟，隨著果汁「慢慢暈開了／這一行的氣味，韻律，情緒綿長」，而展開此詩。這是電影淡出淡入鏡頭的處理，一滴果汁將滴落到哪裡？是鏡頭伸縮的標的。首先，「一滴果汁滴落，落在／一位遠方詩人新成的詩作」，接著，「濺落在詩人的小巷裡」，接著，鏡頭拉遠，拉近，果汁，我和遠方的詩人，中國、台灣、南非，都被這滴果汁拉在一起，「只有它最後的芬芳／和顏色，鮮明／鵝黃，凝固在一首詩上」，喻示了詩的力量，同時也把兩位詩人對生命、情誼、對人的關懷和擁抱，凸顯無遺。

這首詩以「一滴果汁滴落」為鏡頭，運鏡所到之處，都是鮮明影像和意象，全詩飽滿著動人的影像敘述，語言處理也因此流利、曉暢，節奏輕快，彷彿一部青春悲喜的黑白電影，在夾雜著童年、記憶與兩位詩人不同的社會背景、遭遇的圖像對比之中，產生了動人心弦的感覺，詩句最後說：「為了證明回憶的堅定，飽滿／香馥，甚至帶有甜意／沒有人會誤會／它是一滴淚水。」則飽含深沉的、幽微卻又有力的鏡頭暗喻，一滴果汁，帶有甜意，但在生命被擠壓、被榨取的過程中，帶有著成熟的代價和淚水。讀者隨著詩人的筆／鏡頭，走入青春、成長、成熟的「小巷」，「通往那／內心幽深盡頭的海洋，記憶陽光一樣射入／牆面的塗鴉」，因而也感受到這首詩的精心安排，感受到詩、生命的甜中帶淚。

延伸閱讀

1. 杜十三，〈在黑暗中用詩打一聲噴嚏——讀鴻鴻詩集有感〉，《文訊》一七卷五六期，一九九〇年，頁四〇一四二。
2. 奚密，〈現代城市神話——評鴻鴻《在旅行中回憶上一次旅行》〉，《聯合文學》一二卷八期，一九九六年六月一日，頁一六五—一六六。

3. 孫維民，〈虛無與生機——關於鴻鴻詩集《在旅行中回憶上一次旅行》〉，《中華日報》，一九九七年三月二十四、三十一日。

跳蚤聽法

許悔之

我的佛陀，當祢巍巍端坐
如蓄勢的海，不動的山
我卻只聽見蟬嘶盈耳
如浪奔來，淹沒我對祢的呼喚
呼喚祢，我的佛陀
我跟隨祢，聽祢說法四十年
早已知道祢實無一法可說
我也無一法可得
祢是那舟，帶我渡河
河既未渡，如何燒舟？
四十年來，我嗅祢的味
觀祢的形，見法如棄嬰長大
而祢，我的佛陀祢日益消瘦

我聽見祢的骸骨瞬間的崩落

我也有喜，不喜法喜
我是一隻跳蚤，被寬容地
可以活在祢的衣裡，懷抱之中
他們還在聽祢說法
或因羞慚而涕淚悲泣
或因體解而讚嘆歡喜
只有我，只有我知道
祢是什麼都再也不能說了
四十年來，我將第一次
悲哀而無畏的
咬嚙祢，吸祢的血
我有法喜，這世界只有我
吮過祢的寶血
我有法悲，因為我吸的是
這世界最後一滴淚

荒廢的肉體

趁我的頭顱還美麗
將它砍去吧，提在手裡
用力，用力的鼓擊

不忍腐爛和生蛆
我荒廢的肉體是這世間
被遺忘的法器

◇作者簡介

許悔之，本名許有吉，一九六六年生，台灣桃園人。台北工專化工科畢業，曾任《自由時報》副刊主編、《聯合文學》月刊及出版社總編輯，現任有鹿文化社長。

許悔之年輕時曾與詩友創立「地平線詩社」，他的詩善於從感官切入，將人的存在和內在心思加以解剖、反思，形成悲欣交集的境界，又以佛典入詩，突出現代人感官世界的掙扎、矛盾與懺悔。著有詩集《陽光蜂房》、《家族》、《肉身》、《我佛莫要，為我流淚》、《當一隻鯨魚渴望海洋》、《有鹿哀愁》、《我的強迫症》，及散文集等多種。

曾獲「中華文學獎」、「教育部文藝創作獎」、「五四獎」等獎項。

◆作品賞析

許悔之年輕時期的詩作，純情、浪漫，急於尋找安頓的自我風格，到出版詩集《肉身》與《我佛莫要，為我流淚》之後，他以宗教揭露自我（肉身與靈魂）的詩風，即告確定。這裡選的兩詩，都是典型代表作。〈跳蚤聽法〉以著帶有戲劇性的獨白方式喃喃自語，在這首詩中，許悔之以佛陀為禱告對象，面對「我的佛陀」，以跳蚤自喻，說我要「悲哀而無畏的/咬嚙祢，吸祢的血/我有法喜，這世界只有我/吮過祢的寶血/我有法悲，因為我吸的是/這世界最後一滴淚」，實則有意映照自我內心的貪痴愛恨，以及佛陀（作為精神與靈魂的救贖象徵）的無可如何，無力為之。詩中的佛陀只是詩人告解的對象，騷動情欲的出口，因此，佛陀也著人間相，也能容跳蚤放肆，容跳蚤著糞，這樣一來，「祂」的神聖莊嚴雖仍存在，可是所在之處則已移入「我」的心靈與肉體的騷動之中。佛陀與跳蚤，主體與客體，在此詩中隨著禱告詞的語脈互為主從，相應相生，此詩前半段，語言由虔敬逐步到「而祢，我的佛陀祢日益消瘦/我聽見祢的骸骨瞬間的崩落」；後半段則由親暱逐步發展為「咬嚙祢，吸祢的血」，「這世界最後一滴淚」。喻示了聖靈和血肉的矛盾與交戰，法喜與愛染相滲，佛陀與跳蚤共生，此詩為「色即是空，空即是色」的法義作了現代版的註解。

〈荒廢的肉體〉是一首短製，起首三句「趁我的頭顱還美麗／將它砍去吧，提在手裡／用力，用力的鼓擊」，無論語言、圖像或音律都鮮明生動，如鼓聲之敲擊讀者腦膜，而其中隱含的激情和熱切，直接且帶著自虐與被虐的暗示，使得此詩的情緒渲染臻於高峰；末三行，則又急轉直下，「腐爛和生蛆」、「荒廢的肉體」、「被遺忘的法器」，三組意象帶來的悲涼、荒廢、無力的情境，對應先前的熱烈、激昂、騷動，形成的空茫，貫穿全詩，肉身與骨骸，美麗與悲哀，以著迷與悟不捨不離、情與欲難解難開、有與空相生相滅的境界呈現。

◆延伸閱讀

1. 洪春音，〈讀許悔之詩作〈聖者的快感〉〉，《創世紀》九七、九八期，一九九四年三月，頁一一二—一一四。
2. 吳潛誠，〈詩篇是身心介入的延伸——評許悔之詩集《肉身》〉，《感性定位——文學的想像與介入》，允晨文化，一九九四年，頁一五九—一七二。
3. 陳政彥，〈許悔之〈跳蚤聽法〉賞析〉，《台灣詩學季刊》二八期，一九九九年九月，頁五二—五四。
4. 楊牧，〈感官的美學〉，《中國時報》，二〇〇〇年五月三十日。

黑暗溫泉

顏艾琳

如果生活很累
　道德很輕，
　　那麼，
　卸下一切
投入黑暗中吧！

黑暗中的底層
是我在等待。
為了誘引你的到來
我將空氣搓揉——
成秋天森林的乾爽氣味，
適合助燃

我們燃點很低的肉體。

讓你來汲取我的溫潤吧！
即使再深的疲倦
都將在黑暗溫泉裡，
洗褪。

超級販賣機

我覺得飢渴。

我投下所有的錢，
它什麼也沒有給我。

我只好把手腳給它
又將頭遞過去
但還不夠。
我繼續讓它吞噬其他的肢體，
它仍舊不給我任何東西。

最後我把靈魂也投給了它。
它吐出一副骸骨
並漠然顯示：
「恕不找零」

◇作者簡介

顏艾琳，一九六八年生，台灣台南人。輔仁大學歷史系畢業，曾任宗教博物館教育推廣、元尊文化主編、聯經出版公司文學企劃主編。

她自國中時期開始發表詩與散文，九〇年代之後，透過詩展開肉身感官世界的探索，以知性和感性交融的筆法，表現當代女性自主的情欲，刻畫女性成長的軌跡，語言大膽露骨，頗受矚目。著有詩集《抽象的地圖》、《骨皮肉》、《她方》、《吃時間》，及漫畫評論、散文集等多種。

曾獲「優秀青年詩人獎」、「創世紀四十週年新詩獎」、「台北文學獎」等多種獎項。

◇作品賞析

顏艾琳於一九九七年出版她的詩集《骨皮肉》之後，開創了一個以女性身體、慾望和性別主體為書寫主題的全新風格。她被視為「情色詩」的代表詩人之一，顏艾琳這階段的詩，大膽、直率地將女性對於性愛、情欲的看法寫入詩中，表現出與父權文化對看的女性自我，進一步質疑男性主體的正當性，因而受到矚目。此處選錄的兩篇作品都見於《骨皮肉》。

〈黑暗溫泉〉這首詩，一開頭即明示「卸下一切/投入黑暗中吧！」，其前提是「如果生活很累/道德很輕」，開宗明義就以反道德的姿態，宣示女性自主情欲的正當性。接著第二段「黑暗中的底層/是我在等待」的直率告白，更進一步宣告「我」的慾望。層層褪脫、誘引，最後則直接訴求「讓你來汲取我的溫潤吧」，因為「再深的疲倦/都將在黑暗溫泉裡，/洗褪」。在這三個誘引的過程中，女性採取的是自主的、主動的情欲訴求，傳統的、道德的男性主體因此遭到解構，女性的「黑暗溫泉」於是擁有了主導的戰略位置。「黑暗」相對於「道德」的符號意涵，因此也顛倒過來，而有「溫潤」多汁的繁複暗示。「黑暗」符徵的解構，使得「道德」的符指「很輕」，壓抑感亦見解除，「溫泉」的溫潤這才顯示了她的媚惑和魔力。

與此相對的，是〈超級販賣機〉顯現的「販賣」式情欲的「奢華」，此詩以「我覺得飢渴」為關鍵句。

因為飢渴，所以不惜一切，「投下所有的錢」、「把手腳給它」、「又將頭遞過去」，「讓它吞噬其他的肢體」，最後連靈魂也給了，結果是它吐出一副骸骨，並漠然顯示：「恕不找零」。與〈黑暗溫泉〉相較，〈超級販賣機〉似乎意圖強調交易的、非自主的情欲的不可信靠，以及相對於「溫潤」的機械式的「消費」。

◆延伸閱讀

1. 葉榮裕，〈躺在床上的詩集《骨皮肉》〉，《聯合報》，一九九七年七月二十一日。
2. 林怡翠，《詩與身體的政治版圖：台灣現代女詩人情欲書寫與權力分析》（南華大學中國文學研究所碩士論文），二〇〇一年。
3. 郭素絹，〈顏艾琳與江文瑜情色詩的比較〉，http://www.fgu.edu.tw/~literary/poetry/paper3.htm。

附錄

喧嘩與靜寂：台灣現代詩社詩刊起落小誌

台灣的新詩發展，是從一九二三年五月追風（謝春木）以日文創作〈詩的模仿〉四首短製開始。這篇作品發表於一九二四年四月的《台灣》雜誌（日本東京）。我曾在一篇論文中這樣說，「寫作者追風是個左翼知識青年，作品使用殖民統治者的語言，發表媒體位於殖民帝國首都，台灣的新詩發展以如此面貌出現於歷史長廊中，與其說是巧合，毋寧還隱喻著無奈與反諷」。

事實上，整個台灣新詩史的發展，也顯映著這樣的無奈。從日治時期到國民黨戒嚴統治時期，台灣的新詩就是一段追尋主體建構的漫長旅途，也是一段認同倒錯的歷史書寫。它表現在詩風詩潮上，也表現在不到八十年的詩社結盟之中。

台灣新詩有詩社之結盟，是從一九三三年起。當時由鹽分地帶詩人水蔭萍（楊熾昌）發起成立「風車詩社」，發行《風車》詩刊，開始移植法國超現實主義於當年的台灣詩壇，強調要以「知性的敘情」超越時空，探索內在生命。不過《風車》相當短命，只出刊一年四期，每期印刷七十五冊，便告結束，因此不管是發行量、期間或其實際影響，都屬有限，只是標誌了在台灣詩社發展史上先發者的歷史意義。

接續著《風車》出現的，是一九四二年創設的「銀鈴會」，根據林亨泰的追述，「銀鈴會」一開始只是

「習作的味道很濃」的學生刊物，初由台中一中學生張彥勳、朱實、許世清等三人發起，出版油印刊物《邊緣草》，共出刊十幾期；一九四七年加入林亨泰等人，刊物更名為《潮流》，才重振旗鼓。這個詩社及其詩刊，基本上延續《風車》的主張，成為戰後台灣「跨越語言一代的詩人」的代表，也成為銜接日治到民國統治的新詩的橋樑。

國民黨來台之後，中國的新詩源流正式銜接到台灣來。一九五一年鍾鼎文、紀弦、覃子豪等在《自立晚報》創刊《新詩週刊》，成為戰後台灣第一份詩刊；一九五六年一月，紀弦在台北創立「現代派」，糾合詩人達八十三人（其後陸續增至一一五人），戰後台灣第一個詩社就此誕生。《新詩週刊》計出九十四期，整體水準齊一，不僅延續了大陸來台詩人的創作，也開啟了戰後台灣詩刊競爭的源流；「現代派」的成立，則在詩社和現代詩的主張上帶來此後台灣新詩蓬勃發展的契機。從紀弦創立「現代派」，並配合機關誌《現代詩》強調現代主義，主張「新詩乃是橫的移植，而非縱的繼承」起，台灣的新詩運動基本上就離不開詩社、詩刊與主義（或主張）這三個範疇，並因此相互競爭、反動，展開此後波濤詭譎的詩社流派和不同詩潮的起伏。

一九五四年三月由覃子豪、余光中、夏菁等人創辦的《藍星》詩刊，同年十月由張默、瘂弦、洛夫創辦的《創世紀》詩刊，因為「現代派」結社的刺激，因而也都朝向以詩的主張和同仁的結盟方向發展，並在五〇年代形成主張現代主義的「現代詩」、主張抒情主義的「藍星」與主張超現實主義的「創世紀」等三個詩社鼎足而立、各領風騷的「班底」模式。班底模式因焉結構了從五〇年代到八〇年代詩壇的主要樣貌。

進入六〇年代之後，「創世紀詩社」以更徹底的、全面西化的超現實主義取代了「現代派」的詩壇位置，擔當了台灣詩壇最前衛的角色。不過，也因此引起反彈，於是有一九六二年七月文曉村等結成的《葡萄園》詩刊、一九六四年六月林亨泰、陳千武、白萩等組成的《笠》詩刊的創辦。「葡萄園」由於不滿「創世紀」的西化晦澀，主張明朗化與普及化；「笠」則是結合了省籍詩人，強調詩的批判性，其後則朝向本土、現實主義發展。

不過，現實主義的高峰要等到七〇年代青年詩社崛起之後才見萌長。在這個年代中，先是一九七一～七二年間有《龍族》、《主流》及《大地》三個青年詩刊詩社的出現，針對當時的超現實主義與西化詩風提出強烈批判與反省，主張反身傳統、關懷現實、肯認本土、尊重世俗等現實主義詩學；其後有一九七五年羅青等人創刊《草根》，一九七九年向陽等創刊《陽光小集》，強烈標舉詩的「民族性」、「社會性」、「本土性」、「開放性」和「世俗性」的新路。從此台灣新詩的書寫風格才逐漸走向寫實、本土與多元的路子。

七〇到八〇年代的這些青年詩刊多不長命，完成階段性使命之後便偃旗息鼓。除了這五個詩刊詩社之外，順手列舉還有《詩脈》、《暴風雨》、《山水》、《風燈》、《秋水》、《詩人》、《天狼星》、《大海洋》、《綠地》、《詩潮》、《八掌溪》、《掌門》、《台灣詩季刊》、《漢廣》、《掌握》、《詩人坊》、《心臟》、《春風》、《地平線》、《兩岸》、《新陸》、《四度空間》、《曼陀羅》等多家，今仍出刊不懈者只有《秋水》、《大海洋》等。

進入九〇年代之後，台灣已經解嚴，政治上的本土成為主流，經濟上則因為民主資本主義成熟，社會更趨多元，加上報禁解除與新媒體出現的資訊衝激，整個文化界的大眾化風潮形成，對照著這樣的社會變遷，詩壇不再像過去一樣呼風喚雨，可以明確區分主流或非主流，而是形成多元並陳，詩社解體的後現代圖式。這個階段中，較明顯的詩社有強調台文寫作的《蕃薯》詩刊、有強調創作與詩學並重的《台灣詩學季刊》，以學院詩人為號召的《學院詩人群年度詩集》、以女性主義為宗的《女鯨》詩刊，以及不復高標主義詩學的《植物園》、《雙子星》等詩刊。整體地說，九〇年代後，台灣的新詩走向已經不再是結社結盟、主義是從，而是以詩人詩作的出現，表現新詩的輿圖。

因此，八〇年代之前用詩社詩刊就可以說明新詩的主要風潮；九〇年代之後則是以詩人詩作來型塑詩的風潮。九〇年代的詩風，因而也與八〇年代之前那種截然劃分的主流樣貌不同，呈現了政治詩、都市詩、台語詩、後現代詩、大眾詩、女性詩以及新興的網路詩等多元多樣風貌。

目前仍持續出刊的詩刊，舉其大者，有元老級的《創世紀》、《藍星》、《笠》、《葡萄園》、《秋水》、《大海洋》，以及新興詩刊《台灣詩學季刊》、《雙子星》、《海鷗》、《乾坤》、《女鯨》、《學院詩人群年度詩集》等，比較起七、八〇年代風起雲湧的詩刊詩社，落寞不少。

二〇〇〇、四、十六　台北

（原載於《誠品好讀》試刊三號，二〇〇〇年六月，頁一一）

散文新四書

一部結合季節嬗遞與人生境遇的散文選本

48篇作品×48位作者

涵括當代重要散文作家，讓你對當代散文有全面而精準的認識

人生的週期和自然界一樣，自然界的變化就是人生的道理；自古以來，季節和人生成為文學書寫的重要題材。本書除呈現作家生平概略與整體創作風貌外，同時加入主編對作家的認識，提供讀者另一個親近作家的角度。並深入淺出賞析文本，從作者的寫作方法切入，讓讀者可由此文本學習散文創作。

春之華　林黛嫚　編著

春天是起點，季節的起點，人生的起點。本書選文就從這樣的意象出發，讓作家們用他們的方式來回顧自己的青春年少，林海音古老的童玩已經隨她而逝，我們只能在文章中讓這些童玩再活一次；王鼎鈞寫了數百萬言後，文字才和白紙聯繫上，成為一則傳奇；詹宏志的童年，父親回家不回家有大不同；張曉風交給這個社會一個孩子，做母親的對孩子即將面對的歡欣憂煩十分關切；黃春明的「地牛翻身」地震說法是永遠的童話……。

選文中的十三篇文章就像一座花園，承載著十三位作家的繁華青春，小王子的作者聖修伯里說，「每個大人都曾經是小孩」，就讓我們像孩子一樣留連細賞吧。

夏之豔　周芬伶　編著

人生之夏，是生命力昂揚的時節，感覺變得敏銳，世界也對我們開展。生命的故事訴說不盡，也創造無數文學家。本書中選出十一家，集中描寫生命力之昂揚：季季〈鷺鷥潭已經沒有了〉寫出文學與愛情的盛夏，以一場饗宴達到頂點，卻也空惘與危厄在其後；蔣勳的〈故事〉，聽故事的小孩變成說故事的作家，說故事的母親變成自我的化身……。

夏日不盡然只是充滿著熱情，夏日本身就預謀著冬日的淚水，也或許夏日生下來就是為了用吻去安撫人生冬日的淚水。夏日無盡，讓我們希望散文會成為那個吻。

秋之聲　陳義芝　編著

《秋之聲》是一本主題貫連、情韻各異的散文集。十二位著名作家的心靈極光，幽靜而熠耀，遙遠卻懾人。

楊牧、林文月、席慕蓉的成就，久經傳誦；舒國治、陳列、何寄澎、徐國能為跨世紀拔尖寫手；陳黎、陳芳明、陳大為堪稱詩人散文家代表；周芬伶兼具小說家身分，謝旺霖彷彿探險家行腳，氛圍同樣迷人。其中有野地感思、書房懷想，也有海上停泊、公路奔馳的見聞；西藏天葬招來的鷹鷲，拍翅在生與死的氣流裡……十二段人生，示範了十二種寫文章的方法。

本書由陳義芝主選，逐篇賞析文意、結構、筆法，對應作家的精神嚮往，最能抉發創作的奧祕，清新可誦。

冬之妍　廖玉蕙　編著

本書選文標準，以文字精鍊靈動、內容溫暖幽默為主，作家從琦君以降，依年齡序為余光中、康芸薇、劉大任、劉靜娟、吳晟、黃碧端、林懷民、平路、陳義芝、田威寧和黃信恩等十二家。就年齡層分布而言，分屬老中青三代；就文章內容而論，以人際為範疇，親情為大宗。十二篇文章各具特色，篇篇雋永有味。

廖玉蕙懷抱著「晚來拭淨南窗紙，便覺斜陽一倍紅」的心情，從眾多刻劃老年心境或傷痛悼亡的文章中披沙揀金，集結成冊，像擦拭南窗般，冀望讓讀者看到繽紛似剪，崢嶸如畫的冬容和最圓、最紅也最美的夕陽。

台灣現代文選　向陽、林黛嫚、蕭蕭　編著

本書所選範文皆為台灣現代文學之名家名作，包含散文、新詩、小說三大類。小說有：〈永遠的尹雪艷〉（白先勇）、〈兒子的大玩偶〉（黃春明）等；散文有：〈湖水・秋燈〉（張秀亞）、〈日不落家〉（余光中）等；新詩有：〈如歌的行板〉（瘂弦）、〈電鎖〉（商禽）等，皆是一時之選。此外並兼收各領域之文學創作，如代表海洋文學的〈奶油鼻子〉（廖鴻基）、為少數民族發聲的〈大雁之歌〉（席慕蓉）、闡述原住民文化的〈在想像的部落〉（瓦歷斯・諾幹）等，這種著重人文關懷、創作旨趣及美學欣賞的選文特色，在在呈現出本書的廣度及深度，並帶給讀者均衡且全方位的現代文學視野。

臺灣現代海洋文選　謝玉玲等　編著

海洋文學係指以海洋為題材，或書寫海上體驗，從而表達作者意識的文學作品。臺灣四面環海，其發展命脈與海洋息息相關，作家對海洋意象的書寫更是對臺灣海洋文化的直接體現。本書選文分為新詩、散文與小說三大類，選文標準著重於作品內容的深度與故事性，文後均附作家簡介及文本賞析。期能透過閱讀佳篇美文，具體而微的展現「海洋」主題在臺灣現代文學創作上的多樣性，並藉由文學作品所展示的海陸互動、自然與人文的對話，帶領讀者感知海洋文學的律動，探索海洋文學的深遂與多元。

國家圖書館出版品預行編目資料

台灣現代文選新詩卷／向陽編著.——二版一刷.——
臺北市：三民，2021
面；　公分.——（文學流域）

ISBN 978-957-14-6820-4（平裝）

863.51　　109006185

文學流域

台灣現代文選新詩卷

編著者｜向　陽
發行人｜劉振強
出版者｜三民書局股份有限公司
地　址｜臺北市復興北路 386 號 (復北門市)
臺北市重慶南路一段 61 號 (重南門市)
電　話｜(02)25006600
網　址｜三民網路書店 https://www.sanmin.com.tw

出版日期｜初版一刷 2005 年 6 月
初版四刷 2015 年 5 月修正
二版一刷 2021 年 3 月
書籍編號｜S832540
ISBN｜978-957-14-6820-4